パラレイドデイズ
1
北の大地で、
未来に抗え！
impress
著者：長物守　イラスト：けんこ
IZUMI
いずみノベルズ

登場人物紹介

摺木統矢

「――パラレイドは全て……俺が駆逐、殲滅してやる」

謎の侵略者パラレイドによって消滅した北海道の、数少ない生き残り。自分を庇って死んだ幼馴染の更紗りんなが遺した愛機、スクラップ同然の九七式【氷蓮】を修理し、仇を討つべく憎悪を燃やす。だが、青森校区高等部に二年生として転校してきて仲間に恵まれたことで、次第に本来の素直さを取り戻してゆく。戦闘中は稀に、極限の集中状態の中で常人を凌駕する判断力と操縦を見せることがあるが……？

五百雀千雪

「【閃風】の名は伊達ではありませんので」

青森校区の戦技教導部に所属する、高等部二年生。日本でも屈指のエース幼年兵で【閃風】の通り名を持つ。すらりと長身でスタイルがよく、空手などの武道をやっているので非常に引き締まった肉体をしている。普段から感情を顔に出さぬ無表情で、クールな高嶺の花と見られているが……実際は結構乙女。自分用に魔改造した限界チューンドのパメラを用い、無手の格闘術で敵を薙ぎ倒す。別名、フェンリルの拳姫とも。

更紗れんふぁ

「ごっ、ごめんなさい！　記憶がまだ、戻らなくて」

パラレイド同様に、次元転移によって突然現れた正体不明の少女。現代の科学力を陵駕する謎のパメラと共に現れた。何故か死んだ更紗れんふぁと瓜二つの容姿をしている。記憶喪失のために名前意外を全く覚えておらず、戦時下で保護されるような形で青森校区に編入させられる。性格はりんなとは真逆で、大人しく弱気でややおっとりしている。時折頭痛に悩まされながらも、記憶の断片が口をついて出ることも。

ラスカ・ランシング

「面白いじゃない！　パンツァー・ゲイムで勝負よっ！」

戦災で消し飛んだイギリスから日本に来た、金髪碧眼の少女。中等部から進級したばかりの一年生だが、天才的な操縦センスを持つ。性格は気の強いはねっかえりで。誰に対してもあたりが強く、自分の弱さを決して見せない。愛機をアルレインの愛称でかわいがっており、新入生ながらも戦技教導部の一員として活躍している。見た目の可憐な儚さとはうらはらに、健啖家で美味しいものに目がない。

五百雀辰馬

「いいねぇ、転校生！　うちの愚妹でよければどうぞどうぞ、ってな」

戦技教導部で部長を務める三年生で、あの千雪の兄。どうにも軽薄でしまらない三枚目風を演じているが、底の知れない実力者でもある。普段は飄々としているが、戦闘指揮とパメラの操縦は一流の腕前である。彼が率いる青森校区の戦技教導部は、各地の校区からフェンリルの名で恐れられる強豪校である。しかし、昨年の全国大会では、彼自身のミスで総合ベスト四止まりで終わってしまった。

御巫桔梗

「誤差修正、測距データ更新……次弾、直撃させます」
戦技教導部の副部長で、眼鏡と三つ編みが深窓の文学少女を思わせる三年生。実際、大財閥である御巫重工のお嬢様だったが、住んでいた皇都東京がパラレイドの襲撃で壊滅し、全てを失い青森にやってきた。物憂げなその姿は学園のマドンナだが、実は部長の辰馬と付き合っている。東京でのトラウマからＰＴＳＤを患い、長時間密閉されたコクピットの中にいられないハンデを背負った狙撃手である。

佐伯瑠璃

「なんや統矢！　無駄に機体を壊すないうてるやろ！」
キラキラネームが眩しい整備科の三年生。パメラの整備や修理は勿論、新兵器の開発にも余念がない。気風がよくて姉御肌だが、実は辰馬へ淡い恋心を秘めている。それでいて、恋敵の桔梗をやっかみつつ友人づきあいしていて、言葉はキツいが励まし気遣っている。

グレイ・ホースト

「戦争を舐めてんじゃねえぞ、ボォォォォォォイ！」

青森県三沢米軍基地に駐屯する、海兵隊第二パメラ中隊隊長。屈強な巨漢の職業軍人であり、階級は大尉。ついに再び本土での本格的な戦闘が開始される中、青森校区に部下を引き連れやってきた。見た目は強面で統矢たち幼年兵に厳しいが、それは子供好きの裏返し、優しく器の大きい人物である。

御堂刹那

「死んでこい、幼年兵ども！　貴様らは弾除け、囮、使い捨てだ！」

人類同盟軍の中でもあらゆる権限を行使できる秘匿機関ウロボロスから派遣されてきた謎の女。その姿は十歳前後の子供にしか見えず、皇国海軍の軍服を着ているが正体は全く不明である。幼くあどけない容姿とは裏腹に、その言動は厳しく、塔屋と同等かそれ以上にパラレイドを憎んでいる。統矢が時々発する特殊な能力について、なにか知っているようだが……？

摺木統矢

「――パラレイドは全て
……俺が駆逐、殲滅してやる」

謎の侵略者パラレイドによって消滅した北海道の、数少ない生き残り。自分を庇って死んだ幼馴染の更紗りんなが遺した愛機、スクラップ同然の九七式【氷蓮】を修理し、仇を討つべく憎悪を燃やす。だが、青森校区高等部に二年生として転校してきて仲間に恵まれたことで、次第に本来の素直さを取り戻してゆく。戦闘中は稀に、極限の集中状態の中で常人を凌駕する判断力と操縦を見せることがあるが……？

五百雀千雪

「【閃風】の名は
伊達ではありませんので」

青森校区の戦技教導部に所属する、高等部二年生。日本でも屈指のエース幼年兵で【閃風】の通り名を持つ。すらりと長身でスタイルがよく、空手などの武道をやっているので非常に引き締まった肉体をしている。普段から感情を顔に出さぬ無表情で、クールな高嶺の花と見られているが……実際は結構乙女。自分用に魔改造した限界チューンドのパメラを用い、無手の格闘術で敵を薙ぎ倒す。別名、フェンリルの拳姫とも。

更紗れんふぁ

「ごっ、ごめんなさい！」
記憶がまだ、戻らなくて」

パラレイド同様に、次元転移によって突然現れた正体不明の少女。現代の科学力を陵駕する謎のパメラと共に現れた。何故か死んだ更紗れんふぁと瓜二つの容姿をしている。記憶喪失のために名前意外を全く覚えておらず、戦時下で保護されるような形で青森校区に編入させられる。

性格はりんなとは真逆で、大人しく弱気でややおっとりしている。時折頭痛に悩まされながらも、記憶の断片が口をついて出ることも。

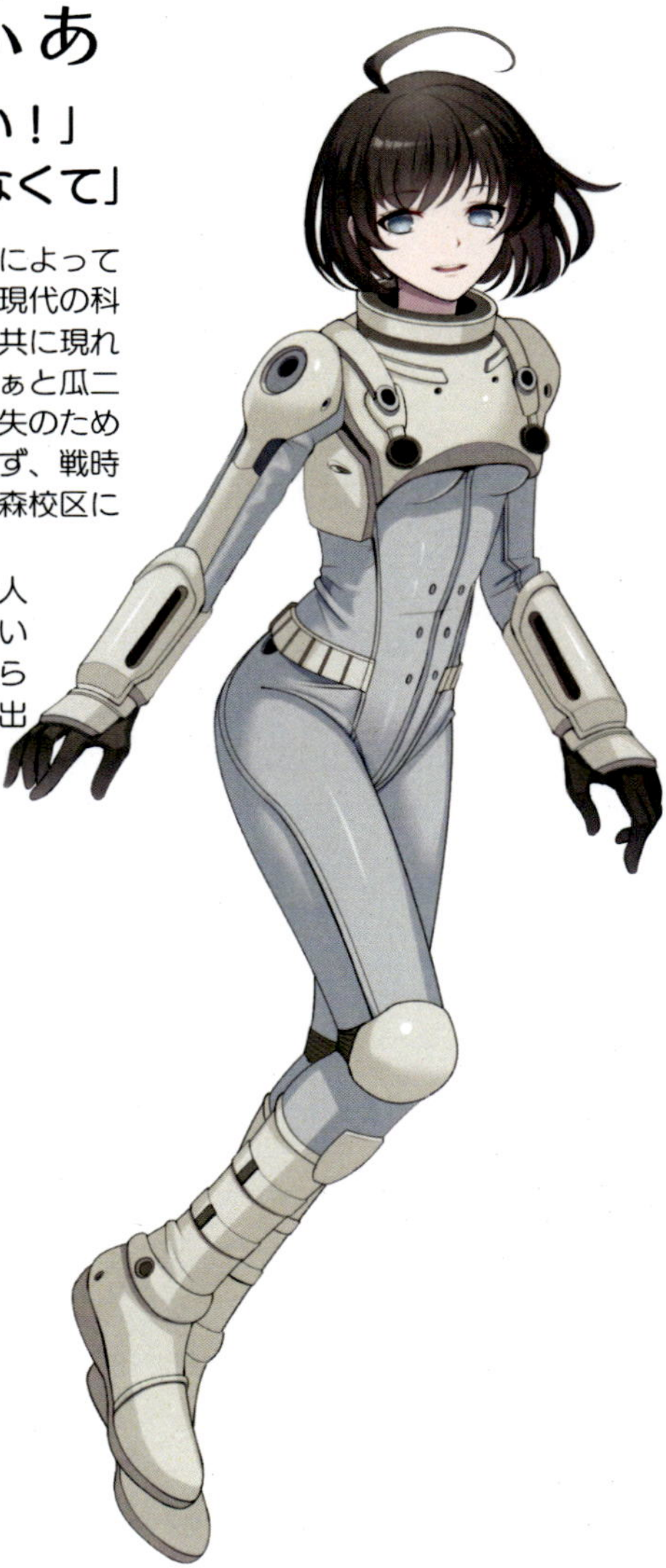

九七式「氷蓮」

御巫重工製の日本皇国陸軍次期主力パンツァー・モータロイドとして開発され、最前線の北海道へと集中配備されていた新型機。製造拠点も同地が中心だったため、北海道の消滅で超レアな幻の機体になってしまった。本土では部品の調達が難しく、摺木統矢は幼馴染だった更紗りんなの機体を応急処置して運用している。

パラレイド・デイズ①

北の大地に蘇る剣

長物守　著

イラスト　けんこ

第一章　地獄からの生還者

かくて、この世の終わり来たりぬ。

そんなフレーズの古い映画を、少年は幼馴染《おさななじみ》と見たことがある。世界の終焉を描く、大昔の冷戦時代……今より何倍もマシな、平和な時代の空想だ。

だが、そんなことを思い出す彼の物語は終わらない。

そして、彼の……摺木統矢《スルギトウヤ》の目覚めを促したのは、耳をつんざく轟音だった。

「——ッ⁉ここは？　信号途絶、機体反応ナシ……ハッチ、イジェクト！」

鉄の棺《ひつぎ》にも似た、コクピット。

その密閉空間を炸薬《さくやく》で吹き飛ばす。統矢はベイルアウトと同時に、オイル臭の漂う外界へと排出された。這い出て砂の上に両手を突き、ようやく自分の機体が海辺に擱座《かくざ》していることに気づいた。

自分が生きていると実感できたのは、その次だ。

その間もずっと、腹に響く地鳴りのような振動音は続いていた。

波打ち際に立ち上がり、さざなみに洗われる自分の愛機を振り返る。

そこには、胸元から下を喪失した統矢機のコクピットブロックを庇《かば》うように、鋼鉄の巨人が膝を突いていた。

——パンツァー・モータロイド、通称ＰＭＲ《パメラ》。

パメラはこの時代、多くの兵士が使用する、全高七メートル前後の人型機動兵器《ロボット》である。だが、雄々しく砂塵《さじん》を巻き上げ疾駆《しっく》していた機体は、大破全壊して波にさらされていた。

すでに原形を留めぬ自分のパメラを見詰めて、そのまま視線をその背後へと滑らせる統矢。

そして、唐突《とうとつ》に意識は揺さぶられた。

統矢の機体を守ってくれたのが、大事な幼馴染だと気づくのが、どうしてこんなにも遅れたのだろう？　茫然自失で現実感を喪失したまま、ふらふらと統矢は歩き出す。おぼつかない足取りで彼は、辛うじて人の姿を残した僚機の胸元によじ登った。

外部アクセス用のポートを操作し、コクピットを強制開放させる。

その時、彼の目は色を失い、彼の耳は空気の震えを遮断した。

「あ……統、矢？　無事、だった？　や、やだな、見ないで……あたしもう、見えないんだ」

血溜まりから漂う鉄の匂いが、潮風に乗って錆びてゆく。

そして、統矢の前で無理に微笑《ほほえ》む少女は、そのまま黒い血を吐き咳き込んだ。

「りんなっ！　ま、待ってろ、今ハーネスを外す！」

「仲間は……みんな、は？　っ、痛っ！」

「す、すまない！　とにかく止血を――!?」

金具にふれる手が震える。

指がねっとりとした血に濡れてゆく。

構わず統矢は、満身創痍《まんしんそうい》の幼馴染をシートから解放した。

彼女の名は、更紗《サラサ》りんな。

十年来の幼馴染で、統矢たちの小隊長である。この時代、老若男女を問わずに誰もが戦いに明け暮れていた。地球全土が平和を忘れて久しい。

統矢はどうにか両腕でりんなを抱き上げ、ゆっくり砂浜へと着地した。

「っ、ととと。待ってろ、りんなっ！」

「ん、よろ、けた……？　重い、とか、思った？　こら、統矢……？」

「黙ってろって！　くっ、現在位置は……友軍は近くにいないのか⁉」

斜陽の光が差し込む中で、周囲を見渡し統矢は焦れる。

そして、もうわかっている。

納得できないから考えないようにしたかったが、りんなはもう……それは他ならぬりんな自身が察しているようだった。

先ほどのコクピットの損傷度合いが、はっきりとそれを伝えていた。

統矢を庇《かば》って、激しい攻撃にさらされたのだ。

彼女はそれでも、破片が飛び散る中で操縦桿を握り続けたのだった。

「ふふ、統矢……もう、いい、よ？」

「よくない！　よくなんか……いいわけないっ！」

「統矢。ううん、いいの。おろ、して」

下腹部の傷が致命傷で、止血しようにも統矢にはどうすることもできない。手持ちのサバイバルキットだけでは、応急処置すらできないような重傷だった。

やむなく統矢は、そっと砂浜にりんなを横たえる。

りんなの手がなにかを探すように、力なく宙を掴む。

統矢は涙をこらえてその手を握った。

強く握って、さらに手を重ねる。

「統矢、は、無事……だよね？　怪我、して、ない？」

「ああ！　俺はこの通りピンピンしてる。……お前に守られたから」

「そう。よかっ、た」

「なんで俺なんかを……普通、逆だろ。なのに俺、俺は」

「にひひ、頼れる、隊長、なの、で、した……どーだ、りんな隊長は。まいった、か――ッ！」

もはやりんなの目には光がなく、徐々にそのまぶたが閉じてゆく。

それでも彼女は、無理に統矢へとはにかんだ。

「これ……統矢、に……持ってて」

「タブレット？　大事なもんだろ、それ。いいから持ってろって。クソッ、移動するにしても現在地がわからない。ここは」

「北海道、は……仲間、たちは」

「きっと無事だ！　早く怪我を治して、合流しよう！　――りんな？　なあ、おい！」

「……守っ、て、ね」

「りんなっ！」

「今度は、統矢が……みんなを、守っ――」

スッとなにかが、寒空に溶けて消えた。

同時に、沖から突然の衝撃波で荒波が立つ。

ずぶ濡れの中で統矢は、りんなを守るように覆いかぶさる。そこにもう、鼓動も呼吸もなかった。

それを知ってはじめて、統矢の中でなにかが鮮明になる。

かすかに感じていた昔からの気持ちに、突然輪郭が与えられた。

そしてそのまま切り取られて、胸の奥へ小さく消えてゆく。

「あ、ああ……ッッッ！　りんな、りんなっ！　うわぁぁぁあっ、りんなぁぁぁぁぁぁあっ！」

泣くまいと歯を食いしばって、再びりんなを抱き上げ立ち上がる。

ぐっとこらえた涙がこぼれないように、茜色《あかねいろ》の空へ向かって統矢は吼《ほ》えた。

慟哭《どうこく》にも似た絶叫は、孤狼《ころう》の遠吠えのように響いてゆく。

「りんな……見てろよ、りんなっ！　俺が、必ず仇《かたき》は取る……奴らパラレイドは、残さず叩いて潰す！　この、俺がっ！」

押し寄せる波間の中で、夕焼けの空へと統矢は決意の声を張り上げた。

西暦二〇九八年、冬。第三次北海道防衛戦は人類同盟《じんるいどうめい》の敗北で幕を閉じた。

北海道は、パラレイドと呼称される敵の攻撃を受け、地図上から完璧に消滅した。


そして、西暦二〇九八年、春。

世間的には春の四月も、北方の地である青森では肌寒い。まだまだ桜は咲かず、始業式を終えても、窓の外は雪景色だった。

ここ数年、以前にも増して東北地方の春が遅いのは、地軸が微妙に歪んでいるからだという話もある。

どっちにしろ、教室内で悪目立ちする統矢には関係がなかった。

そう、目立つ……無個性に塗り潰された同世代の中でも、統矢だけが際立っていた。

一人だけ詰め襟の、黒い学生服。

全身の肌を覆う、白い包帯。

刺々《とげとげ》しく伸び放題の髪。

端正な顔には今、暗い光を灯した瞳だけが輝いている。

表情らしい表情はない。

そして、彼は授業中にもかかわらず堂々と自分だけの作業に没頭していた。教科書の裏にとか、机の陰に隠れてとか、そういう態度は微塵《みじん》もない。ただ淡々と、周囲の目も気にせずタブレット端末をタッチしてスライドさせてゆく。

この時代、すでに個人所有の端末は珍しいものだったので、自然と同級生の注目を浴びてしまう。だが、統矢は意に介さなかったし、それは授業のルーティーンにしか興味のなさそうな教師も同じようだった。

「――さて、二〇六四年の絶対元素《ぜったいげんそ》Ｇｘ《ジンキ》発見とともに、人類の科学文明は絶頂期を迎え……そして、急激に落ち込み下降、退行し始めた。奴ら、パラレイドの登場によってな」

老年の男性教師は、まるで呪詛《じゅそ》を連ねるように言葉を淡々と並べてゆく。

それらもすべて、統矢にとっては意識の埒外《らちがい》だ。

彼の目には今、八インチの四角い世界しか映っていなかった。そこに並ぶデータの羅列をただ読み取り、チェック項目に指で触れる。ＹＥＳかＮＯか、〇か一かを淡々と選別してゆく作業……それが彼にとってのすべてだった。

だが、瞬《まばた》きすら忘れたかのようにタブレットを凝視する目とは裏腹に、耳は先ほどから眠気を誘発させる呪文を拾っている。そして、統矢の意識に流れ込んでくる雑音はそれだけではなかった。

「端末なんか見せびらかしやがって、転校生が……これみよがしによ」

「俺らと同じ授業は受けたくないってか？　田舎者《いなかもん》が、本土を馬鹿にしやがって」

「あ、それホントの話なんだ？　あの北海道で生き残った、数少ない一人だって」

「北海道……消えちゃったんだよね？　次は本土もまた戦場になるのかな？　戦闘になったら、あたしたちも――」

ひそやかに不安と疑念が充満して、ささやきがざわめきへと膨らんでゆく。

統矢を中心に教室内へと伝搬《でんぱん》してゆく不安は、教師の咳払いで遮《さえぎ》られた。

「ウォッホン！……では、先ほどの続きだ。絶対元素Ｇｘは、他のあらゆる元素と結びついて多種多様な化学反応を見せる。軽くて硬い合金から、柔軟性と剛性を両立した樹脂、そしてエネルギー革命をもたらした常温Ｇｘ炉《じょうおんジンキ・リアクター》までさまざまだ。だが、絶対元素Ｇｘがもたらした一番の恩恵は？」

じろり、と教師の視線がサーチライトのように教室内を見渡し擦過《さっか》してゆく。

自分の上にそれを感じても、統矢にはお構いなしだ。

ただ、淡々と作業を……りんなの愛機を直すための損傷チェックを続けてゆく。

しん、と静まり返った教室の重苦しい雰囲気に、教師の溜息だけが響き渡った。

「では、そうだな……五百雀《イオジャク》君。答えたまえ、絶対元素Ｇｘのもたらした最大の恩恵とは？」

ふと、統矢の作業の手が止まった。

五百雀……その名に聞き覚えがあった。

統矢が顔を上げたのは、視界の隅ですらりと見目のいい女生徒が立ち上がったのと同時だ。

ほっそりとした華奢《きゃしゃ》な後ろ姿は、女性特有の柔らかな曲線で構成されている。カーキ色の制服の上からでも、そのラインが浮き出てくるかのような美しさを感じた。

そう、美少女だった。

軍服じみた制服ですら、彼女を飾るドレスのようだった。そして、たしかに彼女は五百雀と呼ばれて「はい」と、楽器の歌うような声で返事をしたのだ。

さらりと肩に長い黒髪で光のグラデーションを描きながら、その少女は教師の問に答える。

「絶対元素Ｇｘが実用化を可能にした機動兵器、パンツァー・モータロイド……通称パメラです」

「……よろしい！　その通りだ、五百雀君。さすがは五百雀家の御令嬢、優秀だ。では、教科書の続きを私に代わって読みたまえ……くっ！　くはっ、はあ……読みたまえ！」

教師は心なしか、息を荒げて肩を上下させている。

そのことに周囲が驚きをみせていないということは、瑣末《さまつ》なことなのだろう。

統矢にもそう思えた……五百雀千雪という少女のこと以外の、すべてが。

千雪はそっと両手で花を摘むように、見るも流麗な所作で教科書を持つや読み始める。

「二〇六四年の絶対元素Ｇｘの発見と、それにともなう科学的発展の結果……人類は高度な技術を得ると同時に、有史以来最大の試練を迎えました。それが、天敵とも言える存在、パラレイドの出現。地球上の全人類による総力戦となったパラレイドとの戦いにおいて、現在も学童や女性を問わず多くの兵員が動員されています。そんな一般人にとって一番効果的な運用兵器は……個人と同じ姿をし、Ｇｘ感応流素《ジンキ・ファンクション》による半感覚制御で駆動する人型兵器、パンツァー・モータロイドだったのです」

滔々《とうとう》と、朗々《ろうろう》と。千雪が教科書を読み上げてゆく。

その間、自分の作業の手が止まっていたことに気づいて、統矢は思わず奥歯を噛み締めた。

あの時、あの日から忘れまいと誓った復讐を、束の間の瞬間に忘れた。

りんなの死という、耐え難い現実すら忘れたのだ。

ほんのわずかな、わずか数十秒という時間だけだったとはいえ。

「あいつ……そうか、あいつがこの青森校区《あおもりこうく》の、いや……この日本のトップエースの一人。五百雀千雪。確か通り名《コールサイン》は、フェンリルの拳姫《けんき》……【閃風《メイヴ》】」

教科書の一節を区切りよく読み終えて、千雪がちらりと教師の方へ視線を向けた。

その横顔を統矢ははっきりと見てしまった。

まるでビスクドールのように整った目鼻立ちの少女だった。

統矢が思わず見惚《みと》れてしまい、彼女が持つ物騒な通り名との違和感にギャップを感じていると……

突然、教室内の空気が泡立った。

バン！と黒板を叩いた教師が、まるでひん剥くように目を見開いて叫び出したのだ。

「そうです！そうですよ、五百雀君！そして諸君！いいですか、君たち青森校区の生徒は、戦士なのです！幼年兵《ようねんへい》として鍛えられ、予備戦力として出撃の時を待つ、そう！……戦士。そのことを忘れないように！いいですか、忘れないようにぃぃぃぃぃぃ！」

狂ったように黒板を叩く教師は、自分の言葉に酔ったように声を張り上げる。

さすがに周囲にざわざわとどよめきが広がっていったが、誰も彼を止めようとはしなかった。教師は泣き叫ぶように、嘆《なげ》いて呻《うめ》くように意味不明な言葉を口走りながら、顔を真っ赤に染めてゆく。

そのさなかで、ふと気づけば統矢は視線を感じた。

先ほどから立たされている千雪が、肩越しに振り返って統矢を見ているのだ。

その視線に視線を重ねれば、収斂《しゅうれん》されて一本の線となった中を互いの思惟《しい》が行き交うかに思われた。だが、統矢から伝えることはなにもない……すでにもう、人へ表現すべきものを持ち得ない。人ならざる悪意、敵であるパラレイドに対しての殺意しか存在しない。

だが、そんな無味無臭の冷たい視線を受け止める千雪の瞳は、鏡のようにそれを反射するだけだった。

「さぁっ、諸君ッッッ！裂帛《れっぱく》の意志を鋼と変える、人類の防人《さきもり》たる君！今こその決意も新たに歌うのです、歌うのですッ！　校歌斉唱、校歌斉唱だ！　五百雀君、伴奏を！」

まさしく、狂気と無様の入り交じる様がそこにはあった。

今にも口から泡を飛ばしかねない勢いで、ヒステリックに教師が叫ぶ。もはや授業どころではなくなっていたが、千雪はなにも言わずに教室の隅のオルガンへと歩く。誰もが互いに顔を合わせて肩を竦《すく》めながら、一人、また一人と立ち上がった。

そして、アジテーションにあふれたメロディを、その誇張的な旋律に不似合いな千雪がオルガンで奏で出した。誰もが気だるげに、しかし義務や義理が存在するかのように歌い出す。

「そうです、歌いなさい！　歌うのです若人《わこうど》よ！　今こそ戦いの時！　地球の！　人類の！　敵を、倒すのです！　……妻の、あの子の仇を討つのですッッッ！」

泣き出さん勢いで教壇の前に教師が両手を広げる。

彼を讃えて慰めるように、まばらに響く軍歌がやがて勇壮なる行軍曲《マーチ》の調子で高まってゆく。

まるでそれは、幾億と散っていった者たちへの鎮魂歌《レクイエム》だ。

たまらず椅子を蹴った統矢は、一人タブレットを手に教室を後にする。

最後に一目振り返った時、その目に鮮烈に刻まれたのは……やはり、凍れる無表情でオルガンを弾く千雪の姿だけだった。


閑散として人の気配がないこの場所は、凍てつく空気に支配されていた。ここは、青森校区の敷地内にある授業用パンツァー・モータロイドの格納庫、パメラハンガーだ。

「ちっ……駄目だ、六割以上死んでる。細々とした消耗品は手配できても、パーツが手に入るかどうか」

統矢の舌打ちに続く言葉が、白い息とともに零れた。

彼は今、朽《く》ちて放置されたパメラの心臓部に腰かけている。だが、彼がコクピットに座っても、すでに巨人は動く術《すべ》を失っている。ただのスクラップとして、しかし物資の貴重なこの戦時下では廃棄もできずに運び込まれたのだ。

申し訳程度に洗浄されたコクピットのシートには、まだわずかに血の跡が残っている。

それは、幼馴染のりんなが生きていた証《あかし》……そして、生き終え死んだことの証明。

「クソッ、結局駄目なのか……？　俺一人じゃ、お前を蘇らせることはできないのか？」

自問自答する統矢は、開けっ放しのハッチの外へと視線を逃がす。沈黙しか映さぬ左右のサブモニタや、揃ってゼロを指し示して針を並べた計器類……それらを直視すればするほど、失ったものの大きさを自覚してしまいそうで、統矢は一人寒さに震えた。

だが、そんな彼の耳が不意に外の音を拾う。

降り積もる雪の音さえ聞こえてきそうな静寂の中、低く唸るようなモーター音が響いていた。

「誰だっ！」

統矢は苛立ちの募るままに声を荒げ、シートから腰を浮かして外へと上半身を突き出す。

そこには、広い校区内を行き来するための電動カートに乗った、一人の少女がいた。彼女は床に座り込んだ統矢の機体……りんなの機体だったパメラの前で停止する。

長い黒髪を翻《ひるがえ》してカートから降りてきたのは、千雪だった。

「お前は……！」

「はい。様子を見に来たんです、摺木君」

「なっ……どうして」

「私、クラス委員ですから」

表情一つ変えずに、千雪はコクピットの統矢を見上げてくる。

なるほど、授業を抜け出た自分を連れ戻しに来たのだろう。

そう思って統矢は、無視を決め込むことにした。もちろん、千雪には興味がある。というか、無視できぬ存在だという自覚がある。全国の兵練予備校《へいれんよびこう》でも有名な、青森のエースパイロット……五百雀千雪。誰が呼んだかフェンリルの拳姫、ついた通り名が【閃風】だ。

同じパメラのパイロットとして、統矢は彼女の名を知っていた。

「……もっとゴツい女だと思ってたんだけどな」

そうひとりごちて、統矢は作業を進める。

再び取り出したタブレットの中で、機体の損傷のチェックを続けつつシートに座る。

だが、そんな統矢を不意に凛とした声が包んだ。

「チェックリストの作成は済みましたか？」

千雪はコクピットまで軽々上がってくると、ハッチにつかまりながら統矢を覗き込んできた。

外からの照明の光が遮られて、思わず統矢は顔をあげる。

そこには、じっと自分を見詰める端正な顔立ちが佇《たたず》んでいた。

改めて見ると、統矢でさえ絶世の美少女という単語に語彙《ごい》が集約されてしまう。見るも流麗な姿は可憐で、統矢は比較対象を一人しか知らず、今はその人もいない。

千雪はどこか、人ならざる者のような異次元の美を感じる。

常に確かな存在感があって、十年来の腐れ縁だったりんなとは、根本的に違っていた。

別の生き物と言ってもいい。

その千雪だが、遠慮なく狭いコクピットへと上体を屈めて潜り込んでくる。

「お、おいっ！……なんで入ってくるんだよ」

「タブレット、珍しいですね。このご時世、個人で所有してる人なんてはじめて見ます」

「……形見、だからな。って、五百雀！　お前っ！」

「千雪、で構いませんので。ということは、統矢君とお呼びすることになりますね」

半ば強引に、細い身体で器用に、千雪はコクピットの中で統矢の手元を覗き込んでくる。彼女は自覚があるのかないのか、起伏に富む華奢な身を、統矢に押し付けるようにしてタブレットへと額を寄せた。

不意に、統矢を甘やかな匂いが包む。

金属とオイルの臭いだけが凍って沈むこの場所に、花園のような甘い香り。まるでそう、もぎたての果実を頬張ったかのような錯覚が統矢を襲った。

それが眼前の千雪から発せられていると知って、改めて統矢は身をのけぞらせる。

だが、お構いなしに千雪はぐいぐいと胸の膨らみを統矢に押し付けながら、そっとタブレットへ細い指を走らせた。

「……九七式【氷蓮《ひょうれん》】ですか。北海道ではもう、こんな最新鋭が配備されていたんですね」

「さ、最前線だったからな」

返事を辛うじて絞り出す、統矢の声が上ずる。

氷点下の外気が嘘のように、身体が火照って頬が熱かった。

「私も【氷蓮】ははじめて見ました。いい子みたいですね……これだけの損傷でも、まだ修理の余地があります。フレームに致命的なダメージがないので、パーツさえあれば――」

「でも、助からなかった。乗ってるやつは……助からなかったんだ」

それだけ言って統矢が黙ると、千雪も「そう、ですね」とだけ返して黙る。

沈黙がようやく寒さを思い出させたが、それでも千雪は静かに指をタブレットの上で動かす。彼女の視線は真っ赤に染まった数字の数々を拾って、時々うなずきながらページをスライドさせていった。

二人きりの密室は、ハッチが開けっ放しとはいえ統矢には息苦しい。

「パ、パーツがな……そう、パーツさえあれば」

「本土ではまだ、正規軍のごく一部にしか【氷蓮】のパーツは出回っていません。人類同盟への派兵部隊、日本皇国軍の主力は九四式【星炎《せいえん》】ですので」

「ああ」

――九七式【氷蓮】。

それが、この物言わぬ巨人の名だ。御巫重工《みかなぎじゅうこう》製の最新型パメラである。最新鋭ゆえに個体数が少なく、まだ大量生産のラインが整っていない。だから、激戦区である北海道に実戦テストを兼ねて集中配備されていた。もちろん、北海道校区の統矢たちにも優先的に回ってきた機体だ。

だが、今はその最新鋭の高性能が仇《あだ》となっている。

本土ではまだ、修理のためのパーツが手に入らないのだ。

この時代、パラレイドとの戦争が長期化しており、地球のあらゆる国家が慢性的な物資不足になっている。そのため人類の生活レベルは一世紀以上後退しており、すべてのリソースが戦争へと向けられていた。

りんなの形見である統矢のタブレットを、誰もが物珍しそうに見る理由もそれだった。

「……直す、さ。直してみせる。俺はこいつで、再び戦う……奴らをすべて、根絶やしにしてやるんだ」

暗い炎を瞳に灯して、統矢が一人呟く。

形良いおとがいに手を当て考え込んでいた千雪は、その時意外なことを言い出した。

「では、直しましょう。学校と部の資材を使えば、応急処置くらいならできますし」

「えっ？」

「ここは皇立兵練予備校、田舎の青森校区でも予備パーツのストック位あります。パメラは共通規格《ユニバーサルスタンダード》の部品も多いですし。部活の方でも――」

「部？　部活、って……ああ！　そうか、そうだ……お前も」

「ええ。私たちの資材を使ってください」

統矢は唐突に思い出す。どの校区にもあって、選りすぐりのエリート幼年兵たちが所属する部活動を。自分がそうだったように、千雪もその一員なのだ。それも、全国的にフェンリルの名で恐れられる、青森校区の戦技教導部《せんぎきょうどうぶ》のエース、【閃風】と呼ばれるだけの力が彼女にはあるのだ。

「では、さっそく作業を始めましょう。来てください、部のハンガーで資材を調達しましょう」

「え？　おい待て、引っ張るなって。それよりお前」

「当然、私も手伝います。それと……授業にはちゃんと出てくださいね？」

半ば強引に統矢の腕を掴んで立ち上がらせるや、千雪はコクピットから引きずり出そうとしてくる。

ガシリと胸に二の腕を抱き締められて、統矢は言葉を失いつつも柔らかさと温かさを拾っていた。

こうして二人は、大破して擱座《かくざ》した九七式【氷蓮】の修理を、この日から共同作業で進めることになったのだった。

そうして、統矢にとって奇妙な日常が始まった。

渋々だが授業には出て、放課後は格納庫で九七式【氷蓮】の修理に挑む。

今もツナギ姿に着替えて、手元には工具箱と古いラジオがあった。

流れてくるのは鉛色《なまりいろ》のニュースで、キャスターの平坦な声が冷たい空気を震わせる。

『人類同盟軍は北米戦線での反転攻勢に失敗し、後退を続けているとのことです。死傷者は二万人を超え、パラレイドの実効支配する地域はこれでカナダ全域を占めることになりました』

当初は、いわゆる大本営発表《デマゴーグ》もたびたび散見された。

人類同盟は勝っている、この謎の侵略者は必ず駆逐できる、と。

だが、いつしか隠しきれなくなった。

隠しようもないほどの規模で、この地球は蹂躙《じゅうりん》されてゆく。

北海道の前には、日本も皇都《こうと》東京を壊滅させられたし、イギリスなど島そのものが消滅してしまった。地図はその都度書き換えられて、死の海だけが広がってゆく。

情報統制が無意味になってはじめて、人類は思い知った。

存亡の危機が、すぐそばに来ていることを。

『さて、次のニュースです。先日皇国陸軍と米軍で行われたパメラ公開実弾演習には、多くの愛国者たちが訪れました。富士の総合演習場は大盛況の賑わいで――』

正直、聞くべきニュースもなく、電波に乗ってくるのは戦争の話ばかりだ。

それでも統矢は、パメラハンガーの隅に力なくうなだれる機体を修理する。凍えた手で工具を振るえば、自然と白い息が煙った。

そして、わずかな希望に少年は目を見開く。

「やっぱり……この左脚もそうだ。やはりフレーム自体にダメージはない。千雪！　そっちはどうだ！」

顔を上げた統矢は、立ち上がるなりコクピットへ振り向く。

同じ色のツナギを着た少女が、まばらに光の灯る操縦席から身を乗り出す。

「コクピットは派手にあちこち壊れてますが、電装系にも大きなダメージはありませんね。部品交換でいけると思います」

「よし……あ、タブレットにチェックリストが入ってる。更新しておいてくれ！」

「私が触ってもいいんでしょうか。大切なものでは？」

相変わらず千雪は無表情な美貌で、真っ直ぐ統矢を見下ろしてくる。

その瞳の輝きは、雪の結晶を散りばめたかのようだ。

「俺は今、手がオイルだらけなんだよ。いいか、変なフォルダ開くなよ！……俺のじゃないんだし、な」

「わかりました。チェックリストですね」

ここ数日で、なんとか機体の損害状況を把握することができた。

そして、改めて思い知らされる。

りんなの操縦技術は、統矢より格段に上だった。北海道そのものが吸い込まれるように沈んで消える中、統矢の機体を守りつつ追撃を振り払って脱出してくれたのだ。

そのりんなが死んで、中途半端に統矢だけが生き残ってしまった。

りんなの愛機もまた、今はスクラップとなって沈黙に沈んでいる。

しかし、統矢は確信していた。

この機体は直るし、再び自分は戦場に立つと。

「とりあえず、装甲とラジカル・シリンダーが全損、総取っ替えだな」

「これでよし、と。統矢君、ラジカル・シリンダーでしたら部の備蓄にあるのでなんとかなると思います。基本構造は【幻雷《げんらい》】や【星炎】と変わりませんし」

「ああ。同じ御巫重工製だしな」

旧型の八九式【幻雷】に、皇国軍で制式採用されている九四式【星炎】……日本屈指の軍産複合体、御巫重工で製造されるパンツァー・モータロイドだ。それは、ラジカル・シリンダーと呼ばれる人工筋肉で稼働する、鋼《はがね》の防人《さきもり》。

その性能の進化はすでに頭打ちで、九七式【氷蓮】とて劇的に高性能なわけではない。

だが、そのわずかな差が戦場では生死を分かつ。

「さて、三次装甲《サードアーマー》や二次装甲《セカンドアーマー》を脱がせて……こりゃ、整備科の手も借りなきゃ駄目か？　それに、そもそも装甲自体が」

今の【氷蓮】は、味方への心理的効果すら考慮された、ヒロイックな外観を無様に失っていた。

ツインアイの頭部は片側半分が吹き飛び、隻眼の片目は光を失っている。全身のいたるところで装甲は破裂し融解していて、表面の三次装甲はおろか、その奥の二次装甲までも食い破られていた。

それ自体が、今回のリストア作業で一番の問題だった。

「千雪、青森校区の戦技教導部には【幻雷】の予備の装甲パーツはあるか？……千雪？」

ふと見上げて語りかけたが、返事がない。

なにか問題でもあったかと思い、急いで統矢は【氷蓮】の上半身を駆け上がった。

だが、美貌のクラス委員はコクピットで、タブレットの液晶画面を統矢へ向けてくる。

「おい、千雪」

「……これ、統矢君ですよね？　この隣の方がでは、更紗りんなさん」

「ッ！　お前なあ！」

そこには、在りし日の少年少女が写っている。

今年の頭に九七式【氷蓮】が数機配備された、その時にりんなが自撮りしたものだ。狭いコクピットに二人並んだ、その風景は永遠に失われてしまったのである。

思わず統矢はタブレットをひったくろうとして、慌ててツナギでゴシゴシ手の汚れを拭いた。その間もさまざまな写真を見ながら、千雪は歌うように言葉を連ねる。

「北海道校区の次期部長候補、更紗りんな……昨年は一回戦敗退ながらも、相手校区の旗機《フラッグき》に迫る活躍で注目を集めてましたね。あれは本当に素晴らしい判断でした」

「……でも、負けちまったしな。あいつにはもう、次は……ない」

「そう、ですね。……だからこそ、この子は絶対に直しましょう。統矢君の新たな力として」

「ああ。でも、大きな問題が一つある。装甲だけは新規パーツだから、【幻雷】のものを加工して一部代用しなきゃ……千雪？　おい、千雪」

千雪は澄ました表情でそのままタブレットを操作してゆく。

どこか楽しげにも見えるが、その鉄面皮のような美貌は感情をまったく伝えてこない。

「あ、これは小学校の頃の写真ですね。これが、統矢君。ふふ、かわいいです」

「おい待てっ！　勝手にあれこれ弄《いじ》るな！　クソッ、りんなもりんなだ、どうして」

「りんなさん、髪を伸ばしてた時期もあったんですね。それに統矢君の方が、幼い頃は小さくて……あ、でも中等部からでしょうか。背が伸びて逆転してますね」

「勘弁してくれ、ったく。ほら、いいからもう返せよ！　作業が進まないだろ！」

統矢が右手を伸ばす。

だが、千雪は反射的に身を反らしてタブレットを高々と掲げた。

精一杯に背を伸ばした統矢は、タブレットに届かずバランスを崩して前のめりに転ぶ。

柔らかな弾力に顔面が沈んで、ふわりと春のような香りがした。

すぐにどうなってしまったか、わかった。

それで慌てて手をつき、千雪の胸の谷間から顔を引っ張り出す。

しかし、統矢の手は片手に余るたわわな実りを握っているのだった。

「あ、あ……ス、スマン」

「統矢君、ちょっと痛いです」

「ご、ごめん！　でも、千雪が悪い。変なフォルダ開けるなよな」

「そうですね、すみません。……それで」

「う、うん」

「手、どけてください」

気がつけば、二人の顔の距離が近い。

話すたびに白い息が頬をくすぐる、そんな密着に近い形だった。

それでも統矢は、ゆっくりと手を放して身を起こす。

千雪も、タブレットの表示を機体のチェックリストに戻した。

下の方から声がしたのは、まさにそんな時だった。

「兄貴っ、辰馬《タツマ》が言うにはこのへんに……お？　これか？　この鉄屑《てつくず》がそうか」

「うへぇ、こりゃもう駄目だろさすがに。それで、っと。ああ、コクピットか？　兄貴、いました！」

慌てて統矢がコクピットから出ると、三人の上級生が足元に立っていた。

その中央の男子は、恰幅《かっぷく》もよくて大柄な筋肉ダルマで、他の二人は取り巻きといったところだろう。

兄貴だなんて呼ばせてるあたり、あまり仲良くなりたいタイプの人間には見えなかった。

だが、統矢の横から千雪がするりと抜け出てきて、なぜか統矢にピタリと肩を並べる。

「……私になにか御用でしょうか、猪熊《イノクマ》先輩。まだ、なにか？」

冷たい隙間風が、ふわりと千雪の長い黒髪をたなびかせる。

その姿を見上げて、猪熊とかいう三年生はニヤリと笑った。名前通りの猪突猛進な体育会系かと思いきや、ふてぶてしい顔には悪知恵や小賢しさを感じた。

その猪熊先輩とやらが、左右の子分どもより前に出て叫ぶ。

「五百雀千雪！　俺はお前が――」

「嫌です」

「まだなにも言ってねぇだろ！」

「以前聞きましたし、お答えしたはずですが」

「へへッ、そういうとこだぜ千雪。そういうとこがたまんねえ。どうだ、俺の女になる決心はついたか！」

「以前にもお断りしましたが……日本語がわかるのに会話は通じないんですね、先輩」

「なっ、下手《したで》に出てればこの野郎っ！　つくづくかわいいじゃねえか」

「野郎ではありません。これでも私、乙女ですから」

なぜか千雪は、ぐっと統矢の腰を抱いてくる。

千雪の方が長身なので、またしても統矢は豊満な双丘の片側に吸い寄せられた。

そして、それを見て猪熊とやらが怒りの声を上げる。

「おう、なんだ手前ぇ！　噂に聞く、北海道の生き残りか！」

「だ、だったらなんだって……お、おい千雪！　放せよ！」

「貴様も誇り高き幼年兵だろうが！　なんで死んでこなかった、生き恥をさらしやがって！」

その言葉に統矢は撃発された。

死んだ仲間とりんなによって、生かされているこの命……それが侮辱されたように感じて怒りが身体を熱くする。死んでこその誉《ほまれ》と人は言うが、幼年兵本人たちまでそう思っているなら救われない。救いのない話だと思った、その時だった。

「……辰馬兄様から話は聞いています。私がほしいならどうぞ、戦っていただきましょう……この私自身と、パンツァー・ゲイムで」

ふだんと変わらぬ抑揚《よくよう》のない声だったが、統矢には千雪の燃える憤りが察知できた。隣に密着する少女の長身からは、春の遅い寒さすらも焼き尽くす闘志が燃え盛っているのだった。


夕暮れを迎えた放課後、全校生徒たちが校門前へと走る。

その流れに巻き込まれ、統矢もまた押すな押すなの芋の子洗いで進んでいった。

そして徐々に、排気熱に灼《や》かれた空気が金切り声に振るえ出す。

オイルの臭いがかすかにたなびき、巨大な鋼鉄の戦士が姿を現した。

全校生徒が訓練で使っている、八九式【幻雷】だ。

今や人類の科学文明は絶頂期を超え、ゆるやかに衰退している。

旧式のパンツァー・モータロイドとはいえ、【幻雷】は現役の制式採用機だった時代から完成度は高い。というか、パメラの性能はここ数年頭打ちで、新型機といえども性能差はそこまで極端ではない。よって、ふだんは戦闘訓練に使われているこの【幻雷】も有事の際には戦場へ出る。

三機並んで片膝を突く、その中央の機体で大男が声を荒らげていた。

「おいおい、まだ来ねぇのかよ！　焦らしてくれるぜ、五百雀千雪！」

例の、猪熊《イノクマ》先輩とかいう上級生だ。

本名は猪熊薫《イノクマカオル》。

なんともアンバランスな名前だが、名よりも名字で人格を察することができる。粗野で下品で、この青森校区では番長風を吹かせているらしい。

軍事以外のあらゆる生活が一世紀以上も後退すれば、こんな化石のような人間も出てくるだろう。そう思いつつ、なぜか統矢は内心気分が苛立《いらだ》っていた。

「パンツァー・ゲイムなんかしてる場合かよ。それも、女を賭けて？　千雪はものじゃない、そんなこともわからないのか？」

自然と怒りが口に出た。


――パンツァー・ゲイム。


それは、今の人類が唯一楽しめる娯楽、そして命をかけたデスゲームだ。日本には年に一度の全国大会、全国総合競戦演習《ぜんこくそうごうきょうせんえんしゅう》があり、パメラ甲子園《パメラこうしえん》などと呼ばれている。

スポーツも書道も茶道ももう、一部の上流階級が嗜《たしな》む贅沢でしかない。

生まれた頃から統矢たちには、パメラの部品としての人生しかないのだ。

だからこそ、操縦技術に優れた人間は輝いて見えるし、活躍に人々は熱狂する。

不意に隣で声がしたのは、統矢が自分の言葉に少し驚いていた時だった。

「やーっぱそう思うよな？　少年。まあでも、あれくらい言ってやらないと引き下がらないやつでよ」

気づけば突然、横に長身の三年生が立っていた。

茶色い髪を半端に伸ばして、ヘラリと締まらない笑顔を浮かべている。いかにもチャラついた優男《やさおとこ》といった印象だ。

それでいて、どこか只者《ただもの》ではない雰囲気を醸し出している。

細められた目の奥は、決して笑ってはいなかった。

「本土じゃ、こんなくだらないことでパンツァー・ゲイムをするんですか？」

「いやいや、くだらなくはねえさ。惚れた女のためにやってるんだ。それは俺もわかってらあ……連中以上にな」

「っていうか、誰なんです？　先輩、あなたは」

「お前さんと同じさ。この学校の生徒で、幼年兵……大人が死ねと言えば、死ぬまで戦う一匹の兵隊さんだよ」

それだけ言うと、その男は去っていった。

あっという間に、人混みの流れに逆らいながらもするりと消えてしまう。

まるで狐《きつね》につままれたような気分になったが、その時周囲から歓声が上がる。

同時に、冷たい空気が旋《つむじ》を巻いた。

ひどく重量感のある着地音と共に、弱々しい冬の日差しがさえぎられる。

そこには、異形のパメラが腕組み立っていた。

「キャーッ！　千雪先輩ーっ！」

「おいおい、三対一でもやるのか？　さすがは戦技教導部の【閃風】だぜ」

「おい、前もうちょっとつめろ！　後ろからじゃ見えねえよ！」

「さーて、張った張った！　オッズは六：四でフェンリルの拳姫だ！　食券からガム、飴までなんでも持って来い！」

「なけなしのチョコだ、俺は猪熊先輩に賭けるっ！　っていうか、俺の仇を討ってくれえええ！　誰でもいいから、あの女をものにしてくれっ！」

もう、お祭り騒ぎだった。

文化祭という概念すら旧世紀に忘れた学園では、パンツァー・ゲイムだけが少年少女を熱くさせる狂気の祭典なのだ。

そして、その中央に主役が今、立っている。

空色に塗られた、おおよそ原型機の姿を微塵も残していない限界チューンド。統矢には、常温Ｇｘ炉の絞り出すハイトーンの駆動音だけでバケモノじみた印象を受ける。

それは、額に一本の長い角を持つ【幻雷】だった。

否、かつて【幻雷】だったなにかだ。

空色の一角獣《ユニコーン》はすでに、その面影《おもかげ》を微塵も残してはいない。

そのコクピットが開いて、一人の少女があらわれる。

「お待たせしました、猪熊先輩。さっさと始めましょう。どうぞ、存分に撃ってきてください」

フェンリルの拳姫こと、千雪だ。

絶対零度の無表情には今、苛立ちにもにた感情がピリピリと弾けている。統矢にはなぜか、常に表情を変えぬ彼女にそういうものを感じた。

さっそく、猪熊先輩とその手下たちの【幻雷】が立ち上がる。

皆、四〇ミリカービンと左手のシールド、そしてその奥に隠されたコンバットナイフ……いわゆる訓練時に最も多く多用される通常装備だ。

プリセットと呼ばれる武装換装システムの一つ、トルーパー・プリセットである。

対して、千雪が乗ってきた異形のパメラは無手……そう、丸腰に素手だった。

「おうおう、よく逃げずに来たなあ！　五百雀千雪！」

「……何度も人の名前を呼び捨てないでください、猪熊先輩」

「へへ、すぐにねんごろになって、甘く喘《あえ》がせてやるぜ……猪熊薫先輩、ってなあ！」

「はあ。もういいですか？　始めても？」

猪熊先輩とその舎弟《しゃてい》たちが機体に銃を構えさせる。

模擬戦用の弱装弾《じゃくそうだん》とはいえ、生身で喰らえば死んでしまう。しっかりコクピットでハーネスに固定されていても、当たりどころが悪ければ大怪我は免れない。

それなのに、千雪はまったく動揺も緊張も見せなかった。

風になびく長い黒髪を手で押さえながら、優雅にコクピットに戻ってゆく。

そして、怪物じみたそのパメラが駆動音をことさら高く響かせた。

そう、恐るべきモンスターマシンだ。丸腰といっても、統矢にはわかる。通常の常温Gx炉をより過激にチューニング、ピークパワーを限界まで搾《しぼ》り出している。そして、その両手両足は通常の【幻雷】よりも一回り以上も大きい。厳《いか》ついシルエットは、その五体すべてが武器だと無言で語っている。

その意味をすぐに、統矢は思い知らされることになった。

『兄貴ぃ、まずはオイラたちで！』

『かじりついてでも、脚を止めますんで！』

ぼんやり眺める統矢にも、伝わってくる感覚がある。

立ち上がるや走り出した悪漢たちの【幻雷】は、いかにもマニュアル通りというか、扱えてても使いこなせてない印象が丸見えだ。上半身のモーメントバランス、二脚で走るそのモーション……例の猪熊先輩は少々やるようだが、それでもある程度はマシというレベルである。

一応これでも、統矢とて北海道校区の戦技教導部だったのだ。

今はただ一人、大事な幼馴染さえ守れず逆に守られて、ここに立っている。

その目はしかし、驚きに見開かれた。

『邪魔です』

外部へのスピーカーで千雪の声が響く。

やたらと殺気立って熱い声を、氷の一閃が切り裂いた。

千雪の通り名は【閃風】……学生で異名を持つものはそうそうはいない。

その卓越した操縦技術が爆発した。

まるで敵と味方とで、別のものを動かしているかのような錯覚。統矢の目にはそれがはっきりと見て取れた。周囲で騒いで絶叫する生徒たちの中に、同じ理解を得た者が何人いるだろうか？　この平和な乱痴気騒《らんちきさわ》ぎ自体が本土の空気なのかと思うと、嫌になる。

だが、統矢は一瞬とはいえ完璧に千雪の【幻雷】に……そのカスタム機に目を奪われた。

『――グガッ！』

短い悲鳴と共に、手下の片割れが機体を沈黙させる。

訓練モードなので、撃破判定が出て自動停止したのだ。

その一瞬の妙技に、統矢は呼吸も鼓動も忘れて魅入《みい》る。

千雪の機体はなめらかな動作で、風切る拳を突き出す。あまりにも自然体な、洗練されたその動き。

ぎこちない操縦を前に、鮮やか過ぎる正拳突きが直撃した。

『なっ……なんでだ！　こっちの弾は命中している！　どうして！』

千雪の【幻雷】、その歪なまでにパンプアップした両手両足は、それ自体が武器にして盾、装甲だ。

四〇ミリを難なく弾き返すその姿は、まるで鉄壁の歩く城のようである。

おそらく、近距離……零距離《ゼロ》での格闘戦に特化したチューニングだ。

その分厚い装甲が、雑な射撃に撃墜判定を許さない。

右の拳で一機目を黙らせるや、さらにその場で一回転。優雅にスピンする姿は踊るように舞う。そして、舞は即《すなわ》ち武となって二機目を襲った。

上段回し蹴りで叩きつけられる脚は、鋼鉄のハンマー。

あっという間に頭部が吹き飛び、遠く校庭の方に落下音を響かせる。

その時にはもう、最後の一機になった猪熊先輩は激昂《げきこう》していた。

『面白くしてくれるじゃねえか、千雪ィィィィィ！』

『私は全然楽しくはありませんが』

『お高く止まりやがって！　あとで腰が抜けるまでヒィヒィ言わせてやるっ！』

『仲間を囮《おとり》や盾のように使う腰抜けには……私、負けませんので』

『この女《アマ》ァ！』

息を荒げる猪熊先輩の【幻雷】が、シールドの裏にジョイントされていたナイフを抜く。こればかりは弱装弾ではない、本物の軍用ナイフだ。使い方次第ではパラレイドの雑兵を引き裂く程度の威力がある。

だが、千雪はゆるがず愛機にズシャリと腰を落とさせ構える。

一歩も引かぬ不動の構えは、静から動へと一瞬で闘気を解放させた。

オーバーモーションの見え透いた斬撃を、最小限の動きで千雪が避ける。

同時にすれ違いざま、瞬速の膝蹴りが炸裂する。

ちょうどコクピットの下、動力部の収まる腹部を痛打され、一瞬だけ猪熊先輩の【幻雷】は浮いた。

本当に言葉通り、大昔の対戦ゲームみたいに高々と浮いたのだ。

『……校区の備品を破壊するのは本意ではありませんが。やるからには、徹底的に、です』

グイと腕を引き絞る、千雪が操るモンスター。その肘には、長く真っ直ぐＧｘ超鋼《ジンキ・クロムメタル》のブレードが生えていた。振りかぶって、そして払い抜ける。

猪熊先輩の【幻雷】は、両手両足を切断されたまま校門前に散らばり沈黙する。

斬撃は左右で二発、それを二回で四発だったと統矢ははっきり見抜いていた。

数の不利を圧倒してみせた、それこそが千雪の……青森校区の戦技教導部の運用する唯一無二のサプリミテッド・ナンバー。改型《かいがた》と呼ばれる魔改造の産物なのだった。

統矢の退屈で平凡な学生生活は、一変してしまった。

戦争から目を逸らすように、パンツァー・ゲイムに熱狂する生徒たち。

そんな中での、多くはないが少なくもない千雪とのふれあい。真面目に受けざるを得ない授業の合間に、二人は二、三の言葉を交わしたりする仲になっていた。

そして、放課後は二人きりで黙々と九七式【氷蓮】を修理する。

先日の件もあって、もう誰も千雪にパンツァー・ゲイムを挑んできたりはしなかった。

限られた資材での作業は難航を極めたが、不思議と千雪は献身的だ。

そんな二人のここ数日を、周囲のクラスメイトは怪訝《けげん》な表情で遠巻きに見守り、嫉妬と羨望《せんぼう》の入り交じる視線を注いでくる。のみならず、こうしてパンツァー・モータロイドを使用しての教練では、露骨に嫌悪を向けてくるのだった。

『転校生！　見せてみろよ、北海道校区の、最前線の実力ってやつをな！』

『ヘマするようなら後ろからでも撃つぜ？　言い訳なんてどうとでもなるからな』

『ちょっと男子！　くだらないこと言ってないで、フォーメーション！』

『男子ってホントにバカ……五百雀さんも災難よね、まわりがこんな連中ばかりで』

回線越しに伝わる、自分自身もくくってまとめた不本意な扱い。だが、それも統矢にはあまり興味がなかった。ただ、久々に全力稼働するパメラでの模擬戦は、授業とはいえ緊張感を統矢へともたらす。

Ｇｘ感応流素を満たした弾力性のある操縦桿は、両手から伝わる統矢の意志をすべて機体の制御系へと伝えている。完全に整備のゆきとどいた機体は、北の大地で乗り慣れた【氷蓮】とは違って旧型だ。だが、パメラの基礎理論は十年以上前に完成している。細部こそ異なるが、性能に不満は感じられなかった。

「本土で配備されてるのは、ほぼすべてがこの八九式【幻雷】か。基本性能はほとんど変わらないが、少しだけ【氷蓮】より重いな。俺なら、もっと安全マージンを削ってセッティングするけど」

砂色に塗られた統矢の乗機は、御巫重工製の八九式【幻雷】……長年の運用で信頼と実績のある名機だ。授業用の機体はいざともなれば実戦にも参加するため、人類同盟の各国に配備されてるものと同等である。武器は標準的な携行武装、右腕で保持する口径のカービン銃。そして左腕には上半身を覆う程度の大きさのシールドだ。プリセットと呼ばれる各種装備の基本的なセット、トルーパー・プリセットだ。

「俺たちなんか、弾除けくらいにしか思われてないんだろうな。正規軍ならもっと、個々に多様な兵装を運用するけど……!?」

校区内に広がるの、人工的に作られた森の中を進む統矢。

彼の一挙手一投足から揚げ足を取ろうと、複数の男子生徒たちが機体を背後へと連ねていた。だが、構わず統矢は計器へと目を配り、同時にレーダー内の磁気反応を拾う。

すでに、今回の訓練の相手……恐るべき強敵の気配が伝わっていた。

全神経を研ぎ澄ました統矢には今、不思議とそれが数値や数字で表せぬ直感で知れていた。あの日見た、鮮烈なまでの戦慄。空色に塗られた機械仕掛けの修羅神《しゅらしん》だ。

『なあ、転校生！　お前さ、五百雀さんとはどういう関係なんだよ？』

『放課後、二人きりでなにやってんだ？　教えろって』

『へへ、返答次第じゃただじゃ済まさないぜ？』

鬱陶《うっとう》しい。

億劫《おっくう》だ。

加えて言うなら、どうでもいい。

どの校区にもある、パメラのパイロット適性が高い生徒を集めた部活動、戦技教導部。この青森校区の戦技教導部所属である千雪との関係は、大破した【氷蓮】の修理に都合がいい。いわば利用するだけの相手で、そこに千雪の思惑は関係がなかった。

そのことを伝えてやってもいいが、統矢には久々の実技教練の方が重要だ。

「無駄口を叩くな、敵が来る。散開して各個に回避運動、初撃をやり過ごしてから反撃、包囲殲滅《ほういせんめつ》する」

『おーおー、張り切っちゃって！　さっすが、実戦経験者は、グッ！　ガッ――!?』

『柿崎ぃぃぃっ！　クソ、柿崎がやられた……、コンバット・オープン！』

遅い、遅過ぎる。

とはいえ四〇ミリの弱装弾は、機体とパイロットに強力な衝撃をもたらした。

柿崎と呼ばれたクラスメイトの機体が、視界の隅っこでひっくり返る。慌てて周囲の者たちは、今しがたの射撃へと混乱状態で反撃を始めた。

その時にはもう、統矢は機体を翻してポジションを変え、迷いなく森へと飛び込む。

「本土の連中は素人《しろうと》か……？　硝煙《しょうえん》とマズルフラッシュで視界を失う、あれでは駄目だ」

失望にも似た呟きをした、その時だった。

ヘッドギアに装着されているレシーバーが、典雅《てんが》とも言える麗《うるわ》しい声を響かせる。

『こういう時は即座に回避です。皆さん、教本を思い出してください。……もう、遅いですが』

もうもうと銃撃の煙が立ち込める中から、一回り巨大な影が踊り出た。

同じ八九式【幻雷】とは思えぬほど大きく見えたのは、肥大化した両手両足が特異なシルエットを刻んでいたから。巨体を裏切る俊敏なその機体は、先程発砲したと思しきカービン銃を捨てると、肉薄の距離で格闘戦を挑んでくる。

そう、太くて厳《いか》つい両手両足は、格闘専用にあつらえた特殊仕様のカスタマイズだ。ただのマニュピレーターでしかない標準仕様とは異なり、まさしく鉄拳としか言いあらわせぬ一回り大きな両の手。肘にはＧｘ超鋼のブレードが生えている。両足はすべてを踏み抜き蹴り破る、もう一つの武器だ。膝のブロックなど、まるですべてを砕くハンマーのように突き出ている。

「出たな……フェンリルの拳姫、【閃風】ッ！」

その場から離脱できたのは、統矢の機体だけだった。

残るすべての【幻雷】が、突如として吹き荒れる嵐の爆心地へ巻き込まれる。

あっという間に、空色の改型は周囲の【幻雷】を無手の格闘で駆逐してゆく。繰り出される拳や蹴りのすべてが、搭乗者の思念と操縦技術によって巨人たちを薙《な》ぎ倒した。次々と撃墜判定で停止するパメラ群の中で、神速の豪快な拳舞に舞う、その姿はまさしく……【閃風】。

やはり、千雪の乗るパメラが八九式【幻雷】の改修機だと確信を得て、統矢は自然と喉を鳴らす。飲み込む唾もないほどに口の中が乾いていた。

あの日から、想っていた。

戦いたい、そして勝ってみたいと。

恐怖を置き去りに消すほどに、闘志が熱意を呼び覚ます。

『……？　一機、足りませんね。D班は二小隊、八機編成のはずですが』

淡々と回線の向こうで呟く千雪の声に、気づけば統矢は操縦桿を全力で押し込んでいた。鞭《むち》を入れられた駿馬《しゅんめ》のように、出力全開の微動に震えながら機体が走り出す。

ブラインドとなる木々の間から躍り出た統矢に、千雪は自慢の愛機を振り向かせた。やはり、よく見れば両腕両脚こそ大きく異なるが、ベースとなった機体は【幻雷】だ。そして、辛うじて原形を留める頭部には、純血の乙女だけを許す一角獣のような長い角が突き立っていた。

『そんなところに。やはり、残ったのは統矢君ですね。では……お相手します』

「それはこっちのセリフだ、千雪ッ！　見せてもらうぞ、【閃風】と恐れられた実力を！」

センサーが拾う、互いの入り混じって甲高く響く駆動音。重金属が楽器のように歌うメタルノイズの中を、統矢はパイロットとしての経験のすべてで挑んでいた。右の拳を引き絞って身構え待ち受ける千雪の機体は、ハイチューンのカスタム機特有のハイトーンを奏でている。腹の底に痺れるように響くのは、高トルクの瞬発力を極限まで高めたセッティングに違いない。

それを示すように、千雪が空色の愛機の俊敏性《アジリティ》を爆発させた。

まるで瞬間移動のように、距離を殺して目の前に千雪の機体が肉薄してくる。

だが、その時……統矢の時間は一秒が永遠にも思える感覚へと引き伸ばされた。

「なんだ……？ 相手の、千雪の動きが……いやっ、だが！ チャンスだ！」

そう思った時にはもう、統矢の乗機は右手のカービン銃を乱射。灼けた銃身から吐き出された空薬莢《からやっきょう》が宙を舞う。それすらスローモーションに見える中で、統矢は自分の意志のままに操縦桿を握り締めた。二手三手先へと閃光のように走る統矢の意志を、Ｇx感応流素が拾って機体を疾駆《しっく》させる。

カービン銃での射撃を牽制《けんせい》に、それをあえてガードさせる。

千雪の操るマッシブなシルエットは、その肉厚な装甲の両腕部で弾丸を弾きながら吶喊《とっかん》してきた。

その時にはもう、統矢はカービン銃を捨てさせた右手をシールドの裏側へと突っ込んでいる。そこには、近接格闘用に装備されたパメラサイズのコンバットナイフが装備されていた。

抜刀と同時に、統矢は左右のサブモニターが真っ赤になる光に包まれる。

零距離へと踏み込んだ千雪が、真っ直ぐ放った正拳突きを統矢機へと叩き込む。

重量級である千雪機の足元が陥没に沈み込み、逆に統矢機は衝撃に浮き上がった。

だが、その時両者は同じ状況で同じ現状を察し、それが明暗を分けたことへ叫びをあげる。

『浅い……？ わずかに芯を外れた……外した？ この、私が』

「違うな、千雪！ 外したんじゃない……俺が避けたんだ！ 全ダンパー、フルボトム！ 腰部スイング構造全開、ラジカル・シリンダー最大開放っ！」

狙い違わず、千雪の一撃は統矢の乗る【幻雷】の胸部装甲を穿《うが》っていた。模擬戦とはいえ、直撃で表面の三次装甲《サードアーマー》がしゃげて潰れる音を統矢は聞いた。だが、その時にはもう彼は、腰をツイストに捻《ねじ》って衝撃を逸らして逃し、左肩を後ろにずらす反動で右の腕を付き出したのだ。

その右手には、抜身のナイフが鈍色《にびいろ》の輝きを灯している。

「もらったぜ、千雪！……!?」

だが、刹那《せつな》の攻防に誤算が生じた。

理論を実践する統矢の機転を、千雪の圧倒的な力と技が貫通してゆく。

『もらって、くれますか？……いえ、今はっ！　統矢君、このままブチ抜きます！』

先ほどからずっと、統矢の鋭敏な感覚はすべての事象を観測、理解して反応している。

だから、わかる。

ナイフを握った右腕が伸び切る速さよりも、千雪の機体が放った拳の力が勝っている。ただ純粋に、無手の体術を完全再現して敵を叩き潰すためだけの限界チューンド。その圧倒的な力。正規軍の型落ちとして各校区に配備された機体とは思えぬ、戦技教導部特有のカスタマイズを極めた技術の結晶を見せつけられる統矢。

次の瞬間には、すべてがコマ送りに見える謎の現象が失せて、そして衝撃。

大の字に地面へと突っ伏した機体の中で、統矢は空と、空色の機体が覗き込んでくるのとを見やった。撃墜判定を警告するアラートを聴くまでもなく、完敗だった。

午前中の最後の四時間目が終わるサイレンが、青森校区に鳴り響いていた。

先ほどの千雪との模擬戦での敗北は、もう遠い昔のように思える。

統矢がパンツァー・モータロイド、パメラに乗っての敗北は、訓練ではずいぶん久しぶりだ。

だが、現実には昼休みを挟んだ午前中、わずか一時間ばかし過去でしかなかった。

統矢にとって先ほどの敗北は、忘却へ追いやりたい過去なのか、それとも久々に本気になれた充足の今なのか。ただ、どちらにせよ明日へつながっていることに疑いはない。

そう、すべてはパラレイドと呼ばれる人類の天敵への、復讐と闘争の未来へ続いていた。

「それにしても、五百雀千雪……なんて技量だ。機体性能の差だけじゃない、もっと根本的に腕が違う」

五時間目の授業は、第三体育館での武道訓練。この時代、体育の授業といえば武道の稽古だった。空手や剣道、そして目の前で今行われている柔道……すべてがパラレイドとの全面戦争に直結している、統矢たちの鈍色の青春がそこにはあった。

怪我を理由に武術鍛錬を見学しつつ、相変わらずタブレット片手に座っていた統矢は、畳の上へと視線を投じて目を細める。

そこには、彼の思惟《しい》を塞いで覆う少女が、柔道着姿で同級生と立ちあっていた。長い黒髪をポニーテイルに結った彼女は、男女合同で行われる柔道で大柄な男子を相手にしている。

千雪の身体が、小さな呼気と共にわずかに沈んだ瞬間。

全身をバネに筋肉を躍動させる【閃風】が、男子を跳ね上げ、投げ飛ばす。

バン！と乾いた受け身の音が響いて、周囲のクラスメイトから「おおー」と感嘆の声があがる。誰もが皆、クールでクレバーなクラス委員に目を奪われていた。

襟元を正して開始線で礼をする千雪に、気づけば統矢も見惚れていたようだった。

「俺は、あの千雪に……負けたんだな。でも、あの時確かに、感じた。妙な違和感、不気味なほどに澄んだ集中力。あれは、なんだったんだ？」

肌で感じる緊張感で、全身がひりつくような感覚の模擬戦。それも近距離に持ち込んでの真剣勝負だった。……もっとも、千雪のあれが全力全開の本気だったかは、少し疑わしいが。

だが、その中で確かに統矢は感じたのだ。

すべてがスローモーションに見える中で、自分のあらゆる限界が拡張してゆく感覚を。

直感のすべてが確信できた、考えたすべてが実践できるように感じた……恐ろしいほどの、自明。

迷いも疑いもない一瞬は、統矢に不思議な現象を見せつけ、過ぎ去るや敗北を連れてきた。

――あの感覚は、いったい……？

その時、隅で距離をとって眺めていた統矢は、背後に気配を感じて振り向く。

「おーおー、相変わらずだぜ？　なにをやらせてもソツがない……かわいくないねえ」

そこには、例の上級生が立っていた。以前、校門前のパンツァー・ゲイムで出会った男だった。カーキ色のブレザーの襟章《えりしょう》が、三年生だと無言で告げてくる。少し軽薄な笑みを浮かべた表情は、端正に整っているのにひどく締まりがない。

統矢の視線に気づいた男は、ニッカリと白い歯を零《こぼ》して笑ってみせた。

「お前さんが、噂の転校生ね……北海道での激戦を生き残った、地獄からの生還者《リターナー》、か」

「あんたは……？　この間の」

統矢の問には応えず、男は手元のタブレットを覗き込んでくる。

そこには今、統矢が千雪と修理中の九七式【氷蓮】が映っていた。図面のあちこちに細かな数字が書き込まれた、修復のための青写真。それを一瞥《いちべつ》しただけで、例の男は目を丸くして「ふーむ」と満足そうに頷く。

「破損したラジカル・シリンダーは取り替えりゃいいな、転校生？　けど、外装の、その下のはパーツが手に入らない、か……こりゃアレだ、補修用のスキンテープだな」

「スキンテープ……そうか！　破損部を補強材で覆って――」

「そゆこと。スキンテープは戦地でも応急処置に使われる耐熱耐火素材だ。動かすだけなら強度も問題ねえよ。だろ？」

驚いたことに、ちらりと図面を見ただけで男は適切な処置を統矢に告げてきた。

パメラの全身を支える、ラジカル・シリンダー等の部品は交換がきく。だが、最新鋭である【氷蓮】の装甲、特に新規設計の三次装甲や二次装甲は手に入らない。

それは統矢と千雪の悩みの種だったが、男の提言は画期的とも言えた。

防御力は限りなく低下するが、加工した補強材をあてがい、その上から包帯の要領でスキンテープ――戦場での応急処置に使用される特殊素材のテーピング――を使えばいいのだ。

「あんた、いったい……」

「なぁに、通りすがりのおせっかいさ。加えて言えば、午後の授業をフケてる最中だ。そゆわけで、先公《センコー》に見つかる前に退散するわ……またな、摺木統矢君？」

「！……俺の名を、どうして……？」

「整備科のダチがそろってブーたれてたぜ？　普通科のバカが模擬戦で、派手にパメラをブッ壊したってな。……ま、うちの愚妹《ぐまい》なんか先日、五体バラバラにして説教喰らってたが」

それだけ言うと、男は去っていった。

名前を聞きそびれたまま、その背を見送り統矢は立ち上がる。

そんな彼とは距離を置きつつも、揃って一通り千雪に投げられ終えたクラスメイトたちが周囲に集まってきた。

どういうわけか、彼らが纏《まと》う空気は少しだけ、以前よりも弛緩して柔らかだ。

統矢が改めてクラスメイトたちに向き直ると、誰もが互いを肘で突きながら、男子も女子も声をひそめて俯き合う。どうやら、なにか話があるようだ。

意を決して話しかけてきたのは、確か柿崎誠司《カキザキセイジ》とかいう男子だったと思う。

「な、なあ転校生……午前中のアレ、すごくね？　俺、五百雀さんにあそこまで肉薄した奴ってはじめて見るからよ。彼女、全国でも無敗のエースだからさ」

誠司の声を口火に、ぐるりと柔道着姿のクラスメイトたちが周囲を囲む。

誰もが以前とはうって変わって、瞳を輝かせて素直な憧れと賞賛を向けてきた。悪い気分はしないが、それが有益でも必要でもないと感じていると――

「ごめんね、摺木君……その、みんな転校生に親切じゃ、なかったよね？」

「そーそー、なんせ消滅した北海道でガチ戦ってたじゃん？　絡み難いし」

「でもよ、お前だって悪いんぜ？　五百雀さんとだけ仲良くしてよ」

「午前中はすごかった！　ねね、やっぱり北海道でも強かったの？　……だよね、だってあそこは最前線だったんだもの。ちょっと前までは」

不意に親近感もあらわに、周囲が騒がしくなる。

そうこうしていると、誠司は照れくさそうに手を差し出してきた。握手を求める手をじっと見て、それから統矢は平坦な視線で周囲を一瞥する。

どうやら連中は、統矢の実力を見て態度を軟化させたようだ。

だが、それも統矢にはどうでもいい……今の彼にあるのは、りんなの死を贖《あがな》うための、復讐。自分の命が尽きるまで、パラレイドと戦い、戦い抜いて、戦い切る。いつか戦い終えるその日まで。パラレイドが死滅するか、統矢が命を落とす、その瞬間まで。

「俺に友達はもういらない。お前たち、俺なんかに――」

ぶっきらぼうに言い放とうとした、その時だった。

俺なんんか、と自分の価値を全否定する統矢の言葉を、頭の中からの声が諌《いさ》めてくる。それは、胸の内より湧き上がる懐かしいぬくもりの発する声だった。

『こーらっ！　統矢？　あんた、そゆの駄目なんだからね？　もっとまわりと仲良くして、まわりと支え合いなさいよ。あんた、強いんだから……まわりもきっと、守れる強さなんだから』

在りし日のりんなの、声。

おそらくずっと忘れない、片時も忘れられない響きがリフレインした。

彼女はいつも、そうやって統矢のあとをついてきた。いつも側にいて、寄り添ってくれていた。持ち前の責任感でみんなを守りたいと意気込み、それが統矢ならできると認めてくれていたのだ。

そんな彼女すら守れなかった、復讐鬼に堕《だ》した統矢に……今も、心の奥から。

「いや、そうだな。……俺なんかでも、戦友がいると心強い、かな」

それだけようやく喉の奥から絞り出すと、統矢は差し出された誠司の手を握る。

小さな歓声があがって、あっという間に統矢は男子たちに肩を抱かれてもみくちゃにされた。久しく忘れていた人との接触は、どこか妖精のように現実感の希薄な千雪とは別種の感触を統矢へもたらす。

それはきっと、失って久しく得ることすら忘れていた、人との些細な日常。

ぎこちなく笑ってみようと試みた統矢を、気づけば畳の上の千雪が見守っていた。

このシートに座るのは、何度目になるだろう？

統矢は再び、九七式【氷蓮】のコクピットに身を沈めていた。ハーネスで身体を固定し、深呼吸。計器類を視線で一巡してチェックを終えるや、彼は開け放たれたコクピットのハッチへと目を移す。

開きっぱなしのハッチの上では、千雪が大きくうなずきを返してくれた。

「Ｇｘ感応流素、チェックＯＫ。始動……全機能オンライン」

素早く次々とスイッチを弾いて、統矢は【氷蓮】の動力へと火をともす。

ついに、ここまで来た……千雪と二人、コツコツと直してきたのだ。

応急処置を終えた【氷蓮】は、微動に震えながらついに再び動き出す。統矢は左右の操縦桿を握ってポジションを確認しながら、静かにゆっくりと機体へ起動を促した。握る手に弾力を返してくるＧｘ感応流素の感覚が、媒介となって統矢の意志を機体中に伝える。

オイルの臭いと、巨大なパーツが織りなす甲高い駆動音……統矢の鼓動が高鳴る。

「千雪、降りてろよ。……立つぞ」

授業用のパンツァー・モータロイドが並ぶハンガーの片隅で、打ち捨てられたように座り込んでいた巨人が震え出す。

ゆっくりと動き出す【氷蓮】のコクピットで、統矢は全神経を集中して機体へ自分を重ね、一体感に没頭してゆく。パメラに難しい操縦技術や、複雑な操作は必要ない……搭乗者の意志を拾うＧｘ感応流素が、思うままにラジカル・シリンダーを躍動させるのだ。操縦桿や各種のスイッチ、トリガーはきっかけでしかない。

「大丈夫です、統矢君。私、ここにいますから」

「千雪」

壁へと寄りかかるように崩れ落ちていた【氷蓮】は、ゆっくりと身を起こし始めた。力なく垂れ下がっていた両の腕が、しっかりとコンクリートの床を掴んで機体を押し上げる。

開けたままのコクピットハッチの上で、千雪はまるで寄り添うように機体の装甲へ身を預ける。そして静かに、確かに歌うような呟きを零《こぼ》した。

「さあ、立ちなさい……立って、いい子だから。あなたはもう、大丈夫……立てます」

彼女はまるで、幼子に語りかけるような言葉を【氷蓮】へと投げかける。

それは母親のようでもあり、自然と統矢の頬を熱く火照らせた。

充満する機械油の臭いに汚れて、薄暗い中で轟音と共に【氷蓮】が立ち上がる。

そんな機体の上で、毅然《きぜん》と凛々しく千雪は前だけを、上だけを見ていた。

そして、【氷蓮】は全身のラジカル・シリンダーを伸縮にきしませ唸りながら、立ち上がった。

再び大地に両の脚で立って、ゆっくりと背筋を伸ばす。

パメラハンガーの高い天井へと、朽ちていた機体が突き立った。その中央で計器の中に正常値を拾いながら、統矢は安堵の溜息を零す。

「全システム、オールグリーン……正常だ。駆動系にトラブルはないし、出力も正常値……とりあえずは、動く。こんなに早く直るなんて、な」

ハーネスを外して大きく息を吐き出すと、気づけば滲んでいた額の汗を統矢は拭う。

だが、そんなコクピットに突然、千雪が飛び込んできた。

「統矢君！」

「おわっ、な、ななっ、なんだよ千雪……おい、離れろよ」

「統矢君、やりましたね！　この子が喜んでます……本当に直ったんです」

突然、千雪が抱きついてきた。豊満な胸の膨らみを顔へと押し付けられながら、ふんわりと香る柔らかな匂いを統矢は押しやる。だが、構わずはしゃぐ千雪は気にした様子もなく、強く強く統矢の頭を抱き締めてくるのだ。

突然の密着で、統矢は呼吸も鼓動も千雪に支配される。

千雪は初めて統矢に、蕾がほころぶような満面の笑みを見せてくれた。

「お、お前、さ……千雪」

「はい？」

「……笑うんだな。なんか……あ、いや、それより。いいから離れろって」

「あ……ごめんなさい。つい、嬉しくて」

統矢から身を引く千雪は、やはり眩《まぶ》しくニコリと微笑む。

どこか別世界の住人のような、ある種異世界の美しさが見せた、一瞬の千雪の笑顔だった。改めて統矢は、彼女に驚かされる。戦技教導部のエース、フェンリルの拳姫……誰が呼んだか通り名は、【閃風】。そんな彼女がはじめて見せてくれた、心からの笑顔。

「と、とりあえず、その……あ、ありがとな、千雪」

「いいえ、どういたしまして」

「お前が手伝ってくれなかったら、こんなに早く【氷蓮】は直らなかった。お前、どうして……俺なんかに手を貸した？　戦技教導部から持ちだしたパーツだって」

以前から謎に思っていた問いかけを、率直に統矢は千雪へとぶつける。

だが、千雪は少し不思議そうに目を丸くして、それからやはり笑った。

「それは、統矢君がいい人だからです。パメラを大事にする人に、悪い人はいませんから」

「そ、そうか？」

「ええ」

「俺は……いい人、なのか？」

「ええ、とても」

再び操縦桿を握って、統矢はゆっくりと【氷蓮】を屈ませる。片膝を突いていた機体から、軽やかな足取りで千雪は床へと降りていった。統矢もシートから立ち上がると、機体を再チェックして待機状態へと移行し、コクピットを飛び出た。

振り返って見上げる【氷蓮】の姿は、見た目にはひどいものだった。

味気ないダークグレーの装甲は各所で破損し、それを覆うスキンテープの白がまるで包帯のよう。頭部のセンサー類もありあわせの部品で直したため、バイザーフェイスの八九式【幻雷】と違って、より人の顔らしいツインアイの片方がスキンテープで覆われている。

包帯で真っ白な機体、それが今の【氷蓮】の状態だった。

だが、統矢は満足だった。

すべてはここから……まずは、機体を動ける状態にすることから。今は手に入らないパーツも、これから戦う中で調達してゆけばいい。本土でも少数ながら、正規軍に【氷蓮】は出回っているのだから。

そっと隣に立つ千雪と共に、直った機体を見上げていると、乾いた拍手の音が響いた。

「いやあ、お見事！　まさか本当に直しちまうとはなあ。やるね、転校生……摺木統矢君？」

わざとらしい拍手に振り向けば、そこには一組の男女が立っていた。

襟章を見れば、二人共上級生……三年生だ。

そして、その片方……手を叩く男の姿に統矢は見覚えがあった。

「あんたは、このあいだの……その前も！」

「兄様！」

統矢が記憶を掘り起こしていると、隣から意外な声が走った。

そう、確かに千雪は目の前の上級生を「兄様」と呼んだのだ。

「兄、様？　千雪、それは」

「自己紹介がまだだったか？　俺が青森校区戦技教導部……通称フェンリルの部長、五百雀辰馬《イオジャクタツマ》だ。愚妹が世話になったな」

「わたくしは副部長、御巫桔梗《ミカナギキキョウ》です」

長身の男子は、千雪と同じ五百雀姓を名乗った。あまり似た兄と妹には見えないが、その整った顔立ちは二枚目という言葉がよく似合う。優男然とした中にもしまらない笑みを浮かべているが、どこか底知れぬなにかを瞳の奥に秘めているように感じられた。

その隣の女子は、眼鏡《めがね》の奥で大きな瞳をニコニコと細めている。やや緑がかった髪を長い長い三つ編みに結った、文学少女という雰囲気の大人しそうな印象を統矢に刻んだ。

「さて、本題だ……摺木統矢。お前さん、この機体を直して……どうするつもりだ？」

「俺は、戦う。やつらを倒すまで、戦い続ける」

即答で答える統矢の瞳に、暗い炎が燃える。

もう心に決めている……人類の天敵と呼ばれるパラレイドは、すでに統矢の故郷である北海道をこの星から消し飛ばしてしまった。全世界規模であらゆる国家を蝕《むしば》んでいるパラレイドは、次はこの本土を狙ってくるだろう。人類同盟は各地で敗退を繰り返しているが、そんなことは統矢には関係なかった。

だが、そんな統矢の決意に、尖ってささくれだった声が返ってきた。

「はぁ？　戦う？　アンタが？　冗談！　……そんなくだらない理由で、アタシの予備パーツを使ったわけね。どうしてくれんのよ、千雪！」
声のする方向を振り返って、統矢は見る……そこには、ひどく小さな矮躯《わいく》の少女が腕組み立ってい
た。金髪をツインテールに結った、アイスブルーの瞳に怒りを燃やした少女だ。
「お前は……？」
「アンタが使ったパーツね、アタシがストックしてた予備パーツだったの！　どうしてくれるのよ、こ
んな鉄屑直すのに使っちゃって」
「……鉄屑？」
「ゴミ屑でもいいわよ？……なによ、文句ある？」
千雪が静かに「手続き上は問題ないはずですが」と言葉を添えたが、氷河のような凍てつく眼差《まなざ》し
で、金髪の少女は統矢をにらんでくる。そこには明白な敵意がにじんでいた。
やれやれと肩を竦めた辰馬が、見ていられなくなったのか割って入る。
「千雪のパーツ使用申請を許可したのは俺だ。それよかラスカ、気に食わないってんなら、どうだ？
お前さんの言う鉄屑の試運転も兼ねて……パンツァー・ゲイムでシロクロつけようぜ」
ラスカと呼ばれた金髪の少女は、天使のような表情へ勝気な笑みを浮かべた。彼女もまた、戦技教
導部の部員なのだろう。目の前に青森校区のエースパイロットたちが並ぶ中、統矢は黙って挑戦を受
けるのだった。

第二章　彼らの鈍色の青春

ずらりとパンツァー・モータロイドが並ぶ格納庫は、熱気に満ちていた。

むせるようなオイルの臭いに入り交じる、火薬と硝煙の臭い。

耳をつんざくメカニカルノイズで、濁った空気は震えていた。

「なんだ、このお祭り騒ぎは。脳天気なもんだな。……俺も、そうか」

統矢は独《ひと》りごちて、自分だけ違う制服の詰め襟を脱ぐ。基本的にパメラへの搭乗時、ヘッドギアを被る程度で専用のスーツ等は存在しない。ふだんから制服やジャージで誰もが訓練を受けてるし、人類同盟の正規軍でも同じだ。

パメラにとってパイロットは、コストは高いが無限に代替の可能な部品でしかなかった。

統矢は今、そうして愛機の一部になるべく緊張感を漲《みなぎ》らせる。

戦技教導部の一年生、ラスカ・ランシングからの挑戦を受けて、統矢はパンツァー・ゲイムで雌雄を決するすることとなった。

――パンツァー・ゲイム。

それは、戦争が常態化した日常の世界で、唯一にして絶対の娯楽。レギュレーション無制限の、パメラ同士による競技としての模擬戦だ。

「よぉ、統矢！　あのラスカとパンツァー・ゲイムだってな」

「聞いたわよ、摺木君。私たち、応援してるから」

「あの新入生、戦技教導部だからってずいぶん、ね……校内でも評判がアレなのよ。鼻っ柱折ってやって！　摺木君ならきっと……ううん、絶対勝てるから！」

今、待機状態の九七式【氷蓮】の前には、同級生たちの人だかりがあった。

皆、パンツァー・ゲイムの噂を知って集まっているのだ。まだまだ寒い春の放課後、奇妙な熱気と興奮が場を支配していた。統矢の同級生たちは、おのおのにペンやブラシ、スプレー缶を持って【氷蓮】のまわりにいてくれる。

全身をスキンテープで包帯のように覆った、辛うじて動く中破状態のパメラ。

彼ら彼女らは、その真っ白な機体のアチコチになにやら熱心に書き込んでる。

「……なにしてるんだよ、なあ。あっ！　お前ら、勝手に！」

「いやいや、コレはお前が直したんだろ？　大したもんだよ、やっぱ」

「いつか足りない部品も調達できて、完全に修復されるといいなと思って」

「ま、お見舞いというか、縁起物？　みたいなもんさ」

同級生たちは有無を言わさず、片膝を突いて屈む【氷蓮】のいたるところにメッセージを書き込んでいた。なにを呑気なと思うが、やはり悪い気はしない統矢。

頑張れとかファイトだとか、気楽に勝手に好き放題書き込まれてしまった。

だが、搭乗前に見上げる愛機への温かな落書きが、今は不思議とありがたい。

脱いだ上着を無造作に放り投げて、コクピットを見上げた統矢は、灼けて熱した排気とともに甲高い金切り声を聴いて振り返った。

『ハン！　せいぜい気張りなさいよね。そのガラクタのポンコツ、今度こそアタシのアルレインがスクラップにしてやるんだから！』

耳にキンキンと響く、勝気で威勢のいい声。

統矢たちの前に今、全校生徒たちギャラリーの視線を集めるパメラが立っていた。八九式【幻雷】のカスタム機だが、その姿はあまりに異様……授業で使う【幻雷】とは違い、ほとんど装甲がない。徹底して軽量化されたネイキッドなラスカの機体が、捨て台詞《ゼリフ》と共に雪景色の外へと出てゆく。その後姿は、駆動系を支える人工筋肉であるラジカル・シリンダーが露出した部分すら見受けられた。

統矢の今の敵、対戦相手……戦技教導部の期待の新人ラスカが駆るパメラだ。

「よほど自信があるらしいな。潔《いさぎよ》いチューニングだが、それより……アルレイン？」

「ラスカちゃんの愛機の名さ。彼女はアルレインの愛称でかわいがってるって有名だぜ？　あれは八九式【幻雷】の改型四号機《かいがたよんごうき》。ラスカちゃんだけのスペシャルリミテッドさ」

統矢の呟きにすぐさま、隣で声が返ってきた。

気づけばペンキの缶を持った誠司が立っていた。彼は鼻の下を指でこすって、気さくに笑いながら統矢に説明してくれる。

「授業用の【幻雷】とは別に、戦技教導部の連中は自分用にカスタマイズした機体を持ってるのさ。改型って呼ばれる、極限チューンのパンツァー・ゲイム用……ラスカちゃんの四号機は攻撃と回避に特化した駆逐仕様《くちくしよう》で、普通の【幻雷】よりぐっと軽い。手強いぜ、統矢？」

統矢は、以前の実技教練での敗北を思い出す。千雪も確かに、空色の【幻雷】を使っていた。近接格闘戦用に特化した、原形がわからなくなるほどに改造された機体……フェンリルの拳姫、【閃風】と恐れられる一騎当千のパメラだ。

だが、北海道校区にも戦技教導部はあったし、当然にも思える。

「なるほどな、あれが全国でベスト四……フェンリルの一角ってわけか」

「そゆこと。どうする、統矢？　いかに最新鋭の九七式【氷蓮】とはいえ、やっと動けるようなレベルじゃ厳しいぞ。あっちは軽量化のために装甲を削ぎ落としてるが、こっちはそもそも付けられる装甲がないんだからな」

「……勝つさ。振りかかる火の粉を振り払うのはやぶさかじゃない。それに……たかがパンツァー・ゲイムで手間取るようなら、パラレイドとは戦えない」

統矢の迷いのない声に、誠司は「だな！」と無邪気に笑った。

そう、統矢がここで立ち止まるわけにはいかない……理不尽に突きつけられた勝負でも、目の前に立ち塞がるすべては、これを突破する。障壁があったら、避けもしないし潜ったり超えたりしない。ただ、真正面からブチ破るのみだ。

統矢は周囲の同級生たちを下がらせると、愛機のコクピットへとよじ登る。

すでに常温Ｇｘ炉はハーフドライブで機体を暖めており、すぐにも戦闘が可能だ。コクピットのシートに収まりハーネスで身体を固定して、手早く統矢は最終チェックを済ませる。

人機一体、改めて統矢は【氷蓮】の一部となり、同時に【氷蓮】が統矢の拡張した肉体も同然に駆動を始めた。立ち上がらせようとしてコクピットのハッチを閉じる、その前に統矢へせせらぎのように清廉な声が投げかけられる。

「統矢君」

「……千雪か」

「気をつけてください。ラスカさんは新入生ですが、中等部での実績があって強敵です」

「弱い敵なんていないさ。常に強敵、そして激戦ばかりだ」

「それが、実戦の空気……戦争なんですね」

「ああ」

千雪はコクピットのハッチに立って統矢を覗き込んでくる。そんな彼女とのそっけない会話も、気づけばずいぶんと当たり前な日常になって久しい。

なぜ、千雪はここまで自分を気にかけてくれるのだろう？

クラス委員だからというのは、どうやら本当の理由ではないように思える。千雪は統矢の作業を手伝い、部活動の資材を提供してくれた。自ら手を機械油で汚してともに勤《いそ》しみ、応急処置が完了した時など笑顔すら見せてくれた。

その疑問を口にしようとした統矢だったが、不意に言葉が詰まった。

千雪はコクピットに上体を押し込み身を乗り出すと、そっと統矢の頬に手で触れてきたのだ。

「統矢君、ラスカさんの四号機は、アルレインは機動力と運動性に特化した一撃離脱型の超攻撃的セッティングです。スピードに惑わされれば、負けてしまいます」

「あ、ああ。なあ、千雪……手が」

「この子は、【氷蓮】は装甲の大半を失ってるため、防御力が低下してますが……反面、重量は軽くなってます。足回りの設定は統矢君が私と調整したので、信じてください」

「お、おう」

「統矢君、勝ってくださいね。私は、信じてます。私たちで直したこの子を信じる、統矢君を信じてます。ジャッジとして、パンツァー・ゲイムには私が立ち会いますので」

それだけ言うと、不意に千雪は唇《くちびる》で統矢の頬に触れてきた。

わずか一秒にも満たぬ瞬間の、乙女の祈りがくちづけとなって統矢の顔を朱に染める。

「おまじない、です。統矢君……頑張ってください」

「千雪……お前、どうして俺に、俺なんかに」

「パメラを大事にする人に、悪い人はいません。それに、私……クラス委員ですから」

「それだけか？」

「今は、まだ。それだけで十分です」

千雪は生真面目《きまじめ》に作った怜悧な表情を崩すことなく、頬を染めることすらなく統矢から離れる。そうして彼女がハッチから飛び降りたので、統矢は操縦桿を握ってＧｘ感応流素へ自分の意志を流し込んだ。

同時にコクピットのハッチを閉じて、密室を作ってからようやく頬に手を当てる。

千雪が唇で触れてきた肌が、ひどく熱く火照《ほて》っていた。

「なんなんだよ、千雪。お前は……いや、今は勝負に専心する。生意気な金髪娘に、教えてやるさ……地獄から戻った俺と【氷蓮】の力をな」

統矢の覇気に応えるように、駆動音を高鳴らせながら【氷蓮】は立ち上がる。武器はまだなく、機体のコンディションは辛うじて動くだけ。だが、統矢に負けるつもりはない。整然と並ぶ授業用の【幻雷】から、統矢は被せられた灰色の防護シートを剥ぎ取った。満身創痍の機体を隠すように、それをマントとして羽織《はお》らせると……雪の止んだ外へと、統矢は愛機を押し出す。

積雪で真っ白な校庭には今、紅い細身の【幻雷】改型四号機が待っていた。


束の間の、わずかな晴れ間……四月の青森市はいまだ、冬将軍が居座っている。

弱い陽光の下へと、統矢は愛機を、九七式【氷蓮】を歩かせる。蘇った鋼のパンツァー・モータロイドは、駆動音を響かせながらパメラ格納庫から外へ出た。

全身を覆ったシートが、ばたばたと北風にあおられる。

「さて、どう出るか……こちらに武器はないし、相手は」

統矢はヘッドギアのバンドを顎の下に確認しながら、メインモニタが映す深紅《ヴァーミリオン》の戦鬼《せんき》を見やる。

戦技教導部のエースたちが所有する、五機の八九式【幻雷】……その改型と呼ばれるカスタム機だ。

真っ赤なカラーリングの四号機は、ラスカ・ランシングがアルレインの名で愛用している。

見れば見るほど、そのネイキッドなじゃじゃ馬仕様に統矢は感心する。

潔く大半の装甲を取っ払った、超軽量化の仕様。関節部やラジカルシリンダーは剥き出しの部分もあり、膝下は重量を抑えるため完全に装甲がない。フレーム剥き出しの細身が、腕組み雪原の校庭で統矢を待ち受けていた。

『よく逃げずに来たわね！　アタシの予備パーツを勝手に使って……ブッ潰す！』

怒気もあらわなラスカの声が、全生徒に聴こえるように外部スピーカーから叫ばれた。

すでに校庭のあちこちには、観戦するために生徒や教師が立っていた。皆、寒さの中で白い呼気を漏らしながら、パンツァー・ゲイムの勝敗を見極めようとしている。

統矢も外部への音声出力を最大にして、ヘッドギアのマイクへと言葉を選んだ。

「手続きは踏んだつもりだが、お前のパーツを使ったことに関して言い訳はしない。悔しかったら、俺を倒して奪い返すんだな。……言っておくが、俺は下級生が相手でも容赦はしない」

『ハン！　言うじゃない。いいわ、お望み通り今度こそそのガラクタをジャンクに変えてやるんだから』

「駄々っ子のわがままには付き合いきれん。能書きはいい、かかってこい」

売り言葉に買い言葉で、互いのテンションがヒートアップする中……統矢は冷静にラスカの乗機を観察する。八九式【幻雷】の改型四号機……もはや授業用の機体とはまったく異なる、原形を留めないほどのカスタマイズとチューニングだ。パンツァー・ゲイムではあらゆる武装が用いられるが、銃火器の類《たぐい》は装備していない。

ラスカの機体は、腰の左右にダガータイプの大型ナイフ、目立った武装はそれだけだ。

あとは全身に、小さな苦無《くない》状のピックが装備されてる。両肩や両腕部、両の大腿部にフレーム剥き出しの脚部……アチコチにマウントされたそれは、まるで紅《あか》い茨《いばら》が己を包む棘《とげ》のようだ。

「……あれは時限信管の炸薬を装填した対装甲炸裂刃《アーマー・パニッシャー》か。千雪といいあいつといい、どうして青森校区の戦技教導部は。……フン、いいさ。やってやる」

千雪の改型参号機《かいがたさんごうき》も、格闘に特化したインファイト仕様だった。その参号機だが、パンツァー・ゲイムのジャッジとして立ち会うべく、背後に重々しい足音を刻んで立つ。その横から、一台の電動カートがあらわれた。

戦技教導部部長、辰馬が座席のシートから立ち上がる。

運転を務めているのは確か、副部長の桔梗だ。

隣の辰馬の言葉に、周囲から歓声が上がった。

『おーし、お前ら！　ギャラリーが凍えて待ってる。ガチのバトルで温めてやれや。勝負アリと見たらうちの愚妹が止めるが……せいぜい気張れよ！』

まだまだ冬が支配する校庭に満ちる声が、ビリビリと【氷蓮】の装甲を震わせるような錯覚。全校生徒の視線をすべて受け止め吸い込みながら、統矢はＧｘ感応流素を内包した操縦桿を握り締める。

その時、突然ドスン！　と、足元に巨大なナイフが落ちてきた。

『使いなさいよ。貸したげる……丸腰相手じゃ、アタシ本気で戦えない！』

なんと、ラスカは腰のナイフの片方を、統矢の【氷蓮】の足元へと投げてきたのだ。真っ白な雪の上に突き立つ、単分子結晶《たんぶんしけっしょう》の刃で鍛造されたナイフ……それは授業用の【幻雷】がシールドに装備するスタンダードタイプより一回りも二回りも大きい。まるで鉈《なた》だ。

足元のナイフを拾って身構えつつ、統矢は背筋が凍りつく感覚に打ち震える。

「ふん、意外に拘《こだわ》るやつだな。後悔しても遅いぞ」

『覚えておきなさい、泥棒猫！　アンタは正々堂々、真正面からアタシに挑んで屈するの！』

統矢へとナイフを放ったラスカの機体は、すでにもう自分でもナイフを身構えている。

その動きが、統矢には見えなかった。気がついたら、足元にナイフが突き立っていた。それを警戒しつつ拾う間に、もう片方のナイフをラスカは愛機に装備させたのだ。

モニタの中へと真紅《しんく》の【幻雷】をにらんで、統矢は密かに胸の内に呟きを零す。

（あれだけ極端なセッティングだ、恐らく通常の【幻雷】の七割程度の重量しか……しかも、先ほどの見えないなめらかな動き。フレームの関節部が恐ろしいほどに最適化されている）

ゴクリ、と喉が鳴った。

同時に、言い知れぬ興奮と高揚感に身体が熱くなる。

そして、背後で機体を待機させる千雪の声が、二機のパメラを同時に前へと押し出した。

『それでは……始めてください』

瞬間、雪煙を巻き上げながら、二機のパメラが校庭を馳《は》せる。

風がさらう灰色のシートを、マントのようにかせながら統矢の【氷蓮】が疾走した。だが、そのさらに先をゆくラスカの【幻雷】改型四号機が、軽快な足取りで地を蹴る。

互いにナイフを突きつけ距離を保ったまま、二機は相手の尾を喰む闘犬のようにぐるぐると円弧を描く。だが、やはりラスカの方が、速い。

「クッ！　やはり疾《はや》い！　こっちも装甲が減った分は軽いはずだが」

『馬鹿ね、アンタ！　そんなポンコツで……アタシのアルレインに勝とうなんてさ！』

揺れるモニタの中で、右に左にとフェイントを織り交ぜつつ真っ赤な機体が迫る。【氷蓮】の頭部に収まる光学センサーでは、その速さを捉えることができなかった。結果、下がりながら防戦を選ぶしかない統矢。ラスカは遠慮なく、二度三度と刃を繰り出してくる。

あっという間に【氷蓮】を覆うマントのようなシートが、穴だらけのボロ布と化した。

ラスカの実力は間違いなくエース級、統矢は死角を巧みに突いてくる一撃をどうにかナイフでさばくので手一杯だった。

「強い……エースなればこそ、剣筋も多少は読めるが。このままでは……！」

『小細工は必要ないわね！　あっけない……沈め、オンボロッ！』

ラスカの【幻雷】改型四号機が、統矢の【氷蓮】の死角から死角へとまとわりつく。それは統矢にとって、まるで影と戦っているような錯覚さえ感じた。相手の姿を完全に捉えることができないまま、一方的に嬲《なぶ》られる時間が続く。ハイチューン特有の駆動音で統矢と【氷蓮】を包みながら、ラスカはついに必殺の刃を突き立てた。

金切り声をあげて単分子結晶の刀身が食い込み、【氷蓮】がバランスを崩す。

左肩の三次装甲を固定していたスキンテープが切断され、巨大な肩部装甲がブロックごと吹き飛ぶ。それが遠くに落下するより速く、ラスカは畳みかけてきた。

『無様ね、ポンコツ！　これで、吹っ飛べ！』

切断されたスキンテープの白が舞う中で、必死に体勢を立て直そうと踏ん張る統矢。

だが、ラスカは疾風迅雷《しっぷうじんらい》の神速で、下がる統矢に倍するスピードで突っ込んでくる。

逆手にナイフを握り直したラスカの機体が、真横に一閃……【氷蓮】のスキンテープが鋭利な刃に両断されて風に舞い散る。さらにラスカは、辛うじて持ちこたえた【氷蓮】の膝を踏み台に……その場でバク転しつつ強烈な蹴り上げを見舞ってきた。

操縦席にハーネスで固定された統矢は、激震の衝撃に奥歯を噛んだ。

倒れそうになる【氷蓮】を、なんとか立たせて身構える。

まだ千雪は試合を……パンツァー・ゲイムの勝敗を宣言してはいない。だが、左肩の三次装甲を剥ぎ取られた上に、胸部も強烈な蹴りで陥没している。フレームへと浸透したダメージは、機体全体に致命的な損傷をもたらしているかもしれないのだ。

だが、統矢はまだ牙も爪も折られてはいない。

『！……立ってる？　このっ、沈みなさいよ！』

「沈める、ものかよ……こんなとこでっ！　俺はみんなの……りんなの仇を討つんだ！　りんなのこの機体で、パラレイドと戦う……そのために、絶対誰にも負けない！」

『ムカつくのよ、アンタだけが被害者面して。アタシだってね、ブリテンを、家族を……みんな亡くしてんのよ！　女々《めめ》しいったらないわ！』

感情もあらわなラスカの絶叫が、途切れる。

それは、統矢が唯一愛機に握らせるナイフを放り投げたのと同時だった。投擲《とうてき》されたナイフはまっすぐラスカの機体に吸い込まれ、通り過ぎる。ラスカは難なく回避すると同時に、トドメの一撃を繰り出してきた。完璧に計算され尽くした、……回避と攻撃を両立させた機動だった。

一分の隙も無駄もない荷重移動で、まるでラスカ本人のように動く【幻雷】改型四号機。

——だが、その時……統矢の時間は再び一瞬の連なりを永遠へと拡張させる。

『もらったわ！　この一撃……避けられない！』

「ああ……避けられない。俺は、避けない。……掴まえたぞ！」

統矢の見開く瞳に、スローモーションでナイフの刃が迫る。まっすぐ頭部をえぐるように狙った、鋭い刺突《しとつ》。同時にもう、統矢の機体は周囲の雪を巻き上げながら円の動きに身を沈めていた。

脳裏に浮かぶ黒髪の美少女が、授業で見せた柔道のイメージ……それをそのまま、機体へと流し込む統矢。

『なっ……!?』

「俺がナイフを投げた瞬間、避けつつ攻撃するお前の動きは……最も効率を重視すればこうなる。歯ぁ食いしばれ！……このまま、ブン投げる！」

ナイフを繰り出してきたラスカ機の右腕部を、そのまま巻込むようにして統矢機は背負って全身をバネへと変える。火花をあげて鉄と鉄とが擦《こす》れ合う中、相手の勢いを利用しての一本背負いで巨体が宙を舞った。

激しい衝撃音と共に雪柱が立って、激震に校庭が地鳴りを響かせる。

大の字に倒れこんだラスカの【幻雷】改型四号機は、そのまま動かなくなった。辛勝、針の目のように細く小さな勝機を逃さず掴んだ、統矢の勝ちだった。

またしても不思議な感覚で、今度は勝ちを拾った統矢。

倒れた機体から飛び出てきたラスカは、そんな統矢の【氷蓮】を見上げてヘッドギアを脱ぐや……それを叩きつけようと振り上げた拳を震わせる。青い瞳に涙の海をたたえたまま、ラスカは金髪をわずかに風に揺らして固まっていた。

「強かったよ、お前さ。強敵だった。けど、俺だって負けられないんだ」

そう呟いた統矢も、ヘッドギアを脱ぐや額の汗を拭う。

その時、不意に空気が沸騰《ふっとう》するように波立った。

突然のサイレン……それは青森校区のみならず、青森市街地すべてに響き渡る。

――警報。

いまだ居座る寒気を震わせて、敵襲のサイレンがすべてを凍らせてゆく。その意味を知る統矢は、改めて感じた。この日本は、本土さえも今は戦場……そして、敵は常にどこからともなく送り込まれてくるのだと。そして、このサイレンは決して訓練ではないことを、悲しいまでに統矢の鼓膜へ叩きつけてきたのだった。


凍えた空気を引き裂く、サイレンの咆哮《ほうこう》。

青森市全土に鳴り響く警報を、パンツァー・モータロイドの装甲越しに統矢は感じていた。それは肌を泡立て、いやおうなく緊張感で心拍数を跳ね上げた。

この警報の意味を、統矢は知っている。

やつだ……やつら、パラレイドがやってきたのだ。

次の瞬間、ざわつく周囲の中から、悲鳴があがるのを九七式【氷蓮】のセンサーが拾う。

『嫌……嫌ぁぁぁっ！　やめて、来ないで……嫌よ、もう嫌！』

『落ち着け！　大丈夫だ桔梗、まだ連中はここまで来てねえ……俺がついてる、俺が！』

視線を落とすように機体の首を巡らせれば、メインカメラが足元の電動カートを拾う。その運転をしていた戦技教導部の副部長、桔梗の様子が明らかにおかしい。温和な令嬢といった雰囲気が霧散し、髪を振り乱して怯えている。その肩に手を置く辰馬も、平常心を装っているが動揺もあらわだ。

だが、そんな周囲の光景も統矢の思惟から遠ざかる。

そして、胸の奥底より湧き上がるドス黒い憎悪。

復讐心に火が付いて、いっさいの思考が暗い心の炎へと掻き消されていった。

「あらわれたか、パラレイド……やってやる！　ああ、やってやるさ！」

機体を立たせた統矢は、即座に損傷を手早くチェック。

左肩の三次装甲が吹き飛ばされて脱落し、各所を覆うスキンテープにもほつれが見られる。だが、フレームも動力源もダメージはない。改めて九七式【氷蓮】の優れた基本性能に、猛る統矢の気持ちが加速してゆく。

今こそ、再び戦い始める時……真の敵、仇敵《きゅうてき》を討つ時。

『統矢君？……待ってください、落ち着いて――』

千雪の声がレシーバーの回線越しに響いた、次の瞬間には統矢は操縦桿を握って愛機に鞭を入れる。

Ｇｘ感応流素を介して統矢の意志と決意が機体の隅々に行き渡り……隻眼のカメラアイに光を走らせるや、【氷蓮】は背のスラスターに火を灯して大きく跳躍した。ボロ布と化したマント状のシートをはためかせて、機体が空へと吸い込まれる。

あっという間に、青森校区の広い敷地内が遠ざかる。

わずか数歩のジャンプ飛行で、統矢は校区の外へと飛び出した。

そのまま建造物を避けるように、幹線道路に沿って機体を飛ばす。パメラは基本的に飛行能力を持たないが、背部や脚部に装備されたスラスターによる短時間の滞空が可能だ。操縦に習熟すれば、長距離の高速移動手段として、こうしたジャンプ飛行を行うこともできる。

周囲を見渡し敵意を拾おうとする統矢は、カメラが捉えた光に目を見開いた。

「次元転移《ディストーション・リープ》反応の光！　あそこかっ！」

空中でターンするや、統矢の駆る【氷蓮】は出力を全開に速度を強める。

その向かう先に、空を焦がすような不気味な光が幾重にも揺らめいていた。

それは次元転移反応と呼ばれる、パラレイド出現の前触れ……パラレイドは時間も場所も選ばず、かならず突如としてあらわれる。瞬間移動を用いているが、その原理はまったくと言っていいほど解明されていない。

ただ、あの不可思議な妖しい光が発現する時、パラレイドは容赦なく襲ってくるのだ。

統矢は愛機【氷蓮】を、山間部の方へと向けた。

まだまだ残雪がある中に、巨大な足跡を刻みつつ跳躍する。

「どこだ……どこにいる、パラレイド！　待ってろよ、りんな。今、お前の仇を討つ。ここで、俺が！　ずっとこれから、この俺が！」

すでに統矢は冷静ではなかった。

しかし、鍛えられた状況判断力は冷静に作動している。

怨嗟《えんさ》と憎悪《ぞうお》に駆られながらも。統矢は目を見開いて周囲を索敵する。今にも発火しそうなテンションの高鳴りは、センサーとレーダーが拾う敵の反応に爆発した。

「見つけた！　来たな。パラレイド……そこを動くなっ！」

気づけば統矢は、とある少女の面影《おもかげ》に脳裏を支配されていた。

今はもういない彼女の、無念の想いが込み上げる。

新たな決意と覚悟に身を委ねた、一人の戦士の眼差《まなざ》しがそこにはあった。

統矢は次元転移の光を空へと屹立させながら、多くの反応が山間部へと展開してゆくのを見つけた。

大昔はスキー場があって、春先までスキーを楽しむ観光客が満ち溢れていた山並み……今は閑散と廃墟が点在するだけの開けた土地に、無数の敵意があらわれた。

次々と次元転移で三次元空間へと実体化し、瞬く間に統矢の視界を埋め尽くす、敵。

「アイオーン級！　まずは雑魚《ざこ》、露払いが……あいつは、北海道のあいつは出てこないのか？　出てこいよ……出てこい！　お前を倒すまで、引きずり出すまで……俺は、戦い続ける！」

猛《たけ》る孤狼のように吼える統矢は、乗機がなんの武装も装備していないのに突撃を念じる。撃発《げきはつ》する怒りそのものとなった統矢を乗せて、【氷蓮】が風となる。

敵はパラレイドの中でもアイオーン級と呼ばれる、いわば数で押すタイプの雑兵だ。蜘蛛《くも》のように多脚を蠢《うごめ》かせる、全高五メートル程の機動兵器群。だが、西暦二〇九八年の科学が発達した人類文明を、はるかに凌駕《りょうが》する技術力で作られている。

その恐るべき一端が、右に左と回避運動で突っ込む【氷蓮】を掠《かす》める。

照射されたのは、ビーム……光学兵器。

当たればどんな装甲も即座に融解、貫通してしまう、恐るべき兵器だ。

だが、ほぼ光速で撃ち出される無数のビームを、統矢は回避し続ける。おおむねアイオーン級の攻撃は数頼み、個々の戦闘力に突出した脅威はない。機械的に出現地点を確保、制圧するだけの、ある種無気力で散漫とも言える戦闘行動が特徴的だ。

だから、統矢には弾幕など意味はない……あっという間に、肉薄。

「――俺の距離だ。この乱戦なら、ビームも撃てないっ！」

静かに高ぶる統矢が、ハーネスを身に食い込ませながら前のめりに操縦桿を握る。

【氷蓮】は百とも千とも数え切れぬ敵の群れの、そのド真ん中へと真正面から突っ込んだ。そのまま一機のアイオーン級に取り付くと、力任せに持ち上げる。多脚をワキワキと動かすアイオーン級は、たまらずビームを乱射し、周囲の味方へと爆発の花を咲かせていた。

だが、統矢はアイオーン級のビームの、その砲口の死角を知っている。

最前線の北海道で、嫌というほど倒した相手だから。

【氷蓮】は持ち上げたアイオーン級を頭上に掲げて、力任せに引き千切る。スクラップとなったアイオーン級が、ばちばちと火花をあげる中、それを敵陣へと放り込む。

爆発の炎があがった時にはもう、統矢は次のアイオーン級に殴りかかっていた。

パメラはもともと、パラレイドとの近接戦闘を目的として開発、建造された人型機動兵器だ。パラレイドにはビーム兵器や異常なステルス性能等のアドバンテージもあって、前世紀のような誘導兵器、航空戦力による戦略爆撃が不可能なのだ。

だから、統矢の戦術は正しい。

本来は火器での牽制や支援が必須だが、結果的に格闘戦に持ち込むというのは、対パラレイド戦の最適解の一つ。統矢は、先ほどまで一緒だった千雪やラスカの機体、八九式【幻雷】の改型を思い出す。極端な格闘戦仕様は、今という灰色の時代では極めて有効なのだ。

無我夢中でアイオーン級を蹴散らす統矢は、不意に近づく反応を二つ拾う。

レーダーが接近を告げる識別は味方で、認識すると同時に周囲に援護射撃が降り注いだ。

『こんのバカ！　アンタねぇ、なに単騎で飛び出してんのよ！』

『統矢君、青森県全域に非常事態宣言が発令されました。すぐに軍も来ますので』

キンキンと耳に痛い声音はラスカで、続く落ち着いた声色は千雪だ。

肩越しに愛機を振り返らせれば、四〇ミリカービン銃を持った二機の【幻雷】改型が舞い降りる。真紅のネイキッドはラスカで、その横のマッシブな空色の一本角は千雪だ。二機の友軍機は周囲を掃射しつつ、統矢の死角を守るように背を預けてくる。

そして、周囲をアイオーン級に囲まれつつも、二機は同時に銃を統矢へ差し出した。

『統矢君、武装のないその機体では。支援してください。前面の敵は私が』

『ほら、さっさと受け取るっ！　連中に教えてやろうじゃない？　アタシの、アタシたちの流儀をね！　ブッ殺してやるんだからっ！』

破壊衝動に支配されていた統矢は、突然の援軍に驚いた。それでも唖然としつつ銃を受け取り、それを両手で構えて撃ちまくる。その瞬間、二機の【幻雷】改型は左右別々の方向へと飛び出した。

特別なカスタマイズを施された、近接戦闘……格闘戦に特化した限界チューンドが吠える。

メカニカルな重金属音が鳴き叫んで、次々と周囲のアイオーン級が破壊されてゆく。

「……やるじゃないか、二人とも」

呆然としていた統矢も、二人を援護するように撃ち漏らしへ銃弾を浴びせる。

千雪の【幻雷】改型参号機は、撃ちだされた砲弾のように、圧倒的な瞬発力で次々とアイオーン級を屠《ほふ》ってゆく。両手両足を凶器へと高めた、無手の体術が躍動した。その逆方向では、ラスカの四号機が次々と敵を火柱へ変える。あれは苦無《くない》状の必殺武器、対装甲炸裂刃……敵の装甲へとねじ込んで内部から爆発させる、扱いの難しい武器だ。

だが、パラレイドは圧倒的な物量で次から次へと次元転移して実体化、倒すほどに増えてゆく。

そして、二丁のカービン銃が同時に弾切れになった瞬間、統矢はひときわ巨大な次元転移反応の光を見た。それはあたかも、地上へ降臨する天使の前触れのように……光輪となって空に広がる輝き。その中央から、意外な影が姿をあらわすのだった。

見上げる天上の雲が渦巻きながら、空へと巨大な穴を穿つ。

その先から降り注ぐは、間違いなく特有の発光現象だ。それも、反応はかなり大きい……周囲の空間が湾曲《わんきょく》してゆく光景に、統矢は絶句した。

それは、前衛として周囲で戦う二人の仲間も同じようだった。

『ッ！ ちょっとなに？ デカいわよ、この反応……まだ来るってわけ⁉』

『ラスカさん、現状維持を。統矢君も』

悲鳴を叫ぶようなラスカの声とは対照的に、千雪は落ち着いていた。

そして、統矢は見る。

眩い光の柱が屹立《きつりつ》する中へと、空からなにかが舞い降りてくるのを。

そのシルエットは、巨大な剣を持った人の姿だった。

「やつかッ！……違う、これは。なんだ？ あれはいったい」

周囲で暴れ回るパラレイド、無数のアイオーン級も動きを止める。

徐々に次元転移の光が収まると同時に、白い機体が地へと降り立った。

だが、様子がおかしい。

「千雪っ、あれは——」

『照会中ですが、パラレイドならばデータベースにないタイプです。アイオーン級はもちろん、アカモート級やバルベーロー級でもありません』

「セラフ級の一種じゃ」

『もしそうであれば、絶望的ですが……むしろ、あのサイズと形は』

千雪が言わんとしてることが、統矢にもすぐに知れる。

等級別にカテゴライズされるパラレイドの中でも、固有名を持つ最強クラスの存在……セラフ級。天使の名を冠した巨大な人型機動兵器で、遭遇すれば死は避けられない。たとえば以前統矢が戦った、北海道を消滅させた個体などがそうだ。

だが、モニタを凝視する統矢の目にも、その可能性は低く見えた。

むしろ、パラレイドですらない……それは。その姿は。

『なによあれ、どこの機体？　ちょっと千雪！　詳しんでしょ？　……なんて派手な色、バッカじゃないの！』

人のことは言えぬ真っ赤な機体で、ラスカの声がレシーバーにキンキン響く。

巨大な剣を雪の上へと突き立て、それに寄りかかるように片膝を突いて停止した。そう、所属不明機《アンノウン》……パラレイドの機動兵器というよりは、パンツァー・モータロイドに見える。白地にトリコロールのカラーリングは、どこか試作機や実験機等のデモンストレーターを彷彿《ほうふつ》とさせた。

その外観やサイズから、どう見ても人類側で運用しているパメラに酷似している。

だが、謎の所属不明機に対して、千雪の声が冷静に現状を伝えてくる。

『現在、人類同盟で運用されてるパメラに該当機はありません。警戒を』

「新型って可能性は？」

『カラーリングからしても制式運用されてる機体ではなさそうですが……あんな機種は私、はじめて見ます。ただ、強いて言えば……』

損傷した九七式【氷蓮】の修理作業で、千雪のパメラに対する知識を統矢は嫌というほど思い知らされている。機械的な技術の知識はもちろん、パメラに関してはなんでも千雪は詳しかった。

時々ドン引きする位のパメラマニアなのだが、今はその博識が頼もしい。

そして、その千雪が知らないということは、少なくとも普通のパメラではないようだった。ゴクリと喉《のど》を鳴らす統矢の耳元で、レシーバーは千雪の声を届けてくる。

『強いて言えば、統矢君。その子に……【氷蓮】に似ています』

「こいつにか？……そうか？」

『外観は大きく違いますが、基本となるフレーム構造等、多くの類似点が』

「見てわかるものなのか？そういうことって」

『見なくてもわかります！……音が、雰囲気が、すごく似てるんです』

それで統矢は、改めて停止したまま動かない謎のパメラへと目を凝らす。

補修用のスキンテープが包帯まみれにも見える、まるでミイラのような統矢の【氷蓮】。損傷を隠すために被せた、輸送用シートがマントのようにたなびいている。そんなツギハギだらけの突貫作業で直した機体とは、似ても似つかない。

謎のパメラはどこか騎士然とした優美な姿で、手にする両刃の大剣はその身を覆うほどに巨大だ。

「……とりあえず、接触してみるか」

『ちょっとアンタ！バカなの？あいつ、次元転移して出てきたのよ？それって』

『危険です、統矢君。まずは様子を見ては』

だが、統矢は「援護してくれ」とだけ言い残して、機体から二丁の四〇ミリカービン銃を捨てさせるや前進する。それは、周囲で固まっていたアイオーン級が動き出すのと同時だった。

群れなすアイオーン級は、たちまち謎のパメラへと殺到し始める。

そして、あらわれたきり動かなくなった謎のパメラには、反撃の素振りは見られなかった。

「なにやってる、動けよ！飲み込まれて潰されるぞ！」

噛みつくように叫ぶや、統矢は機体を躍動《やくどう》させる。その背後では、ラスカの八九式【幻雷】四号機が刃を翻《ひるがえ》した。投げつけられた複数の対装甲炸裂刃が、敵に突き立つや炸裂する。その爆発を飛び越えるように、スラスターを吹かしながら統矢の【氷蓮】は、謎のパメラの隣へと舞い降りた。

機体を並べてみれば、サイズもほぼ同じ……だが、油断はできない。

「おいっ！ そこの白いの！ 所属と姓名を名乗れ、敵が……パラレイドが来てるんだぞ！」

外部スピーカーを通して呼びかけるも、返事はない。

そして、悪いことに空は再び次元転移の光でたわんで歪み始めた。

再び強い反応の輝きが、周囲に帯電のプラズマを広げながら空へと巨大な穴を開く。暗く輝く、それは破滅の虹。

謎のパメラを守りつつ、その手から巨大な剣をひったくるや統矢は周囲のアイオーン級を薙ぎ払った。その剣は身を覆うほどに大きい広刃なのに、驚くほどに軽い。パメラ用の格闘武器は、ナイフ等の小さな単分子結晶の刃が普通だ。千雪の【幻雷】改型参号機の肘部ブレードのように大きなものは、Gx超鋼で鍛造される。すべて、強度や重量を考えられて作られるのだ。

長刀身の巨刃を振り回しながら、統矢は機体のモーメントバランスを調整しつつ舌を巻く。

「なんだ……？ この剣、こんなにでかいのに……これ全部が単分子結晶なのか？ そんな技術力はまだ」

『統矢君、人類同盟軍です……それと、上空に特大の次元転移反応』

『遅ーいっ！ 軍はなにやってたのよ！』

見上げる空には今、先ほどと同じくらい大きな反応が空間を歪めている。そして、その周囲にはおっとり刀で青森駐屯地から出撃してきた、人類同盟軍の部隊が展開を始めていた。

そしてたちまち、周囲は大乱戦へと飲み込まれる。

人類同盟に所属する、日本皇国の陸軍……おそらく、市内からスクランブルで出撃してきた部隊だろう。スラスターの光で新雪を吹き飛ばしながら、モスグリーンの九四式【星炎】が作戦行動を開始した。投入された部隊は手にするカービンに銃剣を着剣したり、ナイフやスコップを手に周囲のアイオーン級へ攻撃を開始する。

パラレイドのビームやミサイルで即座に数機が爆発炎上したが、あっという間に集団戦で大地が揺れる。

周囲は爆発音と打撃音、そして無数のパメラが駆動する金切り声に支配された。

相変わらず謎の白いパメラを守りつつ、剣を振るう統矢は空を見上げる。

そして、再び光が舞い降り……統矢はその中の影を見て、戦慄に総身を震わせた。

『次元転移反応、大きいです！　統矢君、あれは……』

「やつだ……やつ、は。やつは、あの時、の……あいつはっ！」

無線は混乱する軍の通信の中に、珍しく声を張り上げる千雪の叫びを聞いていた。

だが、それもすべて耳から遠ざかる。

統矢の目の前に今、突き立つ光条の中から、巨大な人影があらわれた。たとえるならばそれは、パメラのサイズをはるかに凌駕する鉄《くろがね》の城。シンプルに円筒形の手足で人の姿をした、巨人……否、巨神だった。

無骨な巨躯《きょく》をそびえ立たせる、白と黒に彩られたモノクロームの破壊神。

『データ照会……これは。セラフ級、個体名ゼラキエル！』

「ゼラキエル。それが……それが、お前の名かッ！」

吠える統矢の中で、北海道での激戦が何度もフラッシュバックした。

そして、あらわれた巨大なパラレイド……最強クラスのセラフ級、ゼラキエルから光が走る。頭部の目を模した場所から、苛烈なビームが迸《ほとばし》った。

統矢の【氷蓮】を掠めて通り過ぎた光が、一拍の間を置いて衝撃波で周囲を吹き飛ばした。たちまちアイオーン級もろとも無数の人類同盟軍が巻き込まれてゆく。

突き抜けたビームは、そのまま遠く青森市街地の遠景に吸い込まれ……振り向く統矢たちからも見える巨大な爆発を巻き起こした。

そこにはもう、人類が天敵パラレイドと戦う戦場はなかった。

セラフ級という最強最悪のパラレイドが広げる、ただの狩場があるだけだった。


そびえる威容はまさしく、鉄壁の要塞。

神か悪魔か、神なら魔神か。

鋼鉄の破壊神が、統矢たちの前に立ち塞がっていた。それは間違いなく、あの日、あの冬の北海道で統矢が接敵遭遇したセラフ級に間違いない。今はもう、ゼラキエルの個体名を持つ人類の天敵……パラレイドの中のパラレイド。

セラフ級と呼ばれる戦略破壊兵器《せんりゃくはかいへいき》クラスのパラレイドとの遭遇は、即ち……不可避の死だ。

周囲の人類同盟の正規兵たちも、動揺に戦列を崩しつつ悲鳴を叫んでいた。

すでにもう、戦線の維持は不可能で、戦闘行為そのものが破綻していた。

『セラフ級確認、くりかえす！　セラフ級確認！　個体名……ゼラキエル！　北海道をやったやつだ、クソッ』

『各機、各個に残敵を牽制しつつ後退！　後退せよ！　あらゆる交戦行為を認めない！　撤退！　撤退だ！』

『大湊《おおみなと》の連合艦隊へ支援要請！　戦略兵器の……Ｇｘ反応弾《ジンキ・ニュークリア》の使用を要請しろ！』

『そこのパンツァー・モータロイド！　青森校区の幼年兵だな！　下がれ、死ぬぞ！　あ、い、いや……我々の撤退を支援しろ！　あれを足止めしろ！』

次の瞬間、再び目の前のゼラキエルから光る。一八メートルほどの巨体の頭部、その目から眩いビーム攻撃が地を裂いた。そのまま空をも断ち割って、またも遠くの市街地へと爆発の炎があがる。

なす術もなく、圧倒的な火力の前に正規軍は後退し始めていた。

そして、ゼラキエルは周囲のアイオーン級もろとも、人類同盟の皇国軍主力、九四式【星炎】を駆逐してゆく。火力を結集しつつ応射するパメラが、一機、また一機と火柱に変わった。

そして、統矢の中で凍っていた戦慄の記憶が呼び覚まされる。

「あいつは……あいつはぁ！」

『統矢君、落ち着いてください。ラスカさん、フォローを。対装甲炸裂刃の残りは』

『全部使っちゃったわよ！　あとはコイツで相手をするっ！　……どいてなさいよ、パラレイドに恨みがあるのは、アンタだけじゃないんだからね！』

視界の隅で、赤い八九式【幻雷】改型四号機が両手に大型ナイフを構える。

だが、千雪の制止を振り切り、統矢は目の前の恐怖へ向かって吼《ほ》え荒《すさ》ぶ。獣《ケダモノ》のような声を張り上げながら、フルスロットルで愛機九七式【氷蓮】を押し出した。

死にぞこないの包帯姿が痛々しい【氷蓮】は、ボロ布を棚引かせて大剣を引きずりながら疾走した。たちまち目の前に、そびえ立つゼラキエルの巨躯《きょく》がモニターを圧倒してくる。

だが、はるかな高みから見下すような機械的な視線を、統矢はにらみ返して機体を駆る。荒ぶり猛る統矢の意志をＧｘ感応流素が拾って、血の通う我が身のごとく【氷蓮】に闘志が灯った。

「倒す、倒すっ！　今、ここで……りんなの仇を討たせてもらうっ！」

謎のパメラからひったくった刃を、両手で頭上へと大きく振りかぶる。上段の構えから、機体を覆うほどの巨刀を統矢は振り下ろした。

だが、信じられない大きさの単分子結晶でできた大剣が、容易に弾かれる。

巨体からは想像もつかぬスピードで、ゼラキエルは素手の拳で斬撃《ざんげき》を振り払った。

同時に、着地する統矢の【氷蓮】を影が覆う。

慌てて回避に機体を飛び退かせれば、一瞬前の自分がいた場所をゼラキエルの巨大な脚部が踏み潰した。まるで、巨象《きょぞう》にたかる蟻《あり》にも等しい攻防……だが、統矢は怒りの炎を理性的に燃やしていた。

目の前に今、北海道もろとも幼馴染を……りんなの命をうばった敵がいる。

倒さねばならない、因果に応報せねばならない。

それだけが今、統矢を熱く熱く戦いへと駆り立てる。

だが、隣に機体を並べる千雪の方が、何倍も落ち着いていた。

『正規軍が退きます、これは……統矢君、私たちも下がりましょう。大湊艦隊からの戦略支援攻撃が来ます。着弾まであと三分。離脱を！』

『こっちの白いのはどうするのよ！　千雪、これ！　最初に出てきたの、動かない……あーもぉ！　確保して離脱するから』

戦術データリンクでつながった統矢の機体にも、左右のサブモニターへと数字が浮かんでゼロへと加速を始めた。デジタル表示のそれは、大湊軍港の艦隊からの戦略支援……ここいら一帯をゼラキエルもろとも消滅させるためのＧｘ反応弾だ。

セラフ級にとっての有効打撃には、それでも足りないのは知っている。

だが、本土の防衛戦力を結集させるまでの時間が必要なのだ。

「はぁ、はぁ……あと一八〇秒！ どうする、どうやって倒す……考えろ、摺木統矢！ 俺は、俺なら……りんなら！」

呪詛のような言葉を呟き、統矢は息を荒げる。

その間も、無情に時間は彼の手をすり抜けてゆく。それはまるで、指と指の間を落ちてゆく砂のよう。

そして、気づけばゼラキエルと対峙するパメラは統矢の【氷蓮】だけになっていた。

否、もう一機……隣に並び立つように、巨大な豪腕を身構える空色の機体があった。

『統矢君、撤退を。私が支援しますので』

「撤退？ 逃げるのか？ やつが、あの時のパラレイドが目の前にいるのに！」

『死んでしまいます！ 統矢君、あなたも……統矢君の胸の奥へ消えた、りんなさんと同じ場所にいってしまうんです。死んでしまうと、仇も取れないし、戦えなくなるんです』

身を切るような千雪の言葉は、珍しく語気を荒げて統矢の耳朶《じだ》を打つ。

それでようやく、統矢は現状を正しく認識することができた。

セラフ級パラレイドを撃墜した記録は、過去のどこにもない。唐突にあらわれ、地球ごと人類を刈り取ってゆく死神……天使の名で呼ばれる戦略破壊兵器だ。

「……ッ！ ……わかった、撤退する」

『戦略支援の着弾まで、あと一二〇秒。私が次の一撃を打ち込むと同時に跳んでください』

それだけ言うと、千雪は【幻雷】改型参号機にズシャリと腰を落とさせる。青森校区、通称フェンリルと呼ばれるチームで拳姫と称えられるエース……【閃風】。

次の瞬間、撃ち放たれた砲弾のように重装甲の機体が飛び出した。推進力を全開にした空色のパメラは、スラスターの光を煌々《こうこう》と燃やしてして疾駆する。

気づけば統矢は、それが当然であるかのように後を追って跳躍する。

『統矢君！　あなたは離脱してください。私が殿《しんがり》に』

「下がるなら一緒だ、このデカブツは俺の方がよく知ってる！　……もう、誰も目の前で死なせない！　死ぬ瞬間すら忘れる恐怖に、誰も置いていかない！」

統矢の絶叫に呼応するように、目の前のゼラキエルが太い両腕を前に突き出した。巨大な拳を握ると同時に、肘部から炎があがって燃え上がる。何事かと思った次の瞬間には……ゼラキエルは、両の拳を前腕部ごと発射してきた。

信じられないことに、撃ち出された鉄拳が統矢と千雪を襲う。

左右に分かれて回避した二人の、そのすぐ横を死が擦過《さっか》した。

「腕を、撃ち出した？　あれだけの質量だ、掠っただけでもタダじゃすまないぞ」

『気をつけてください、統矢君。今の一撃……戻ってきます！』

阿吽《あうん》の呼吸で統矢は、気づけば自然と千雪と背を庇い合ってゼラキエルに対峙する。不思議と、千雪に背を預けてもいい気がして、それが当然だと思えた。そういう人間をもう、失ってからは得られぬと頑《かたく》なに信じ込んでいたのに。

ゼラキエルの鉄拳は遠くの空で翻るや、爆音と豪炎をまとって戻ってくる。

『離脱します、統矢君！　……拳で来るなら、拳で穿《うが》つのみ！』

背後で大質量がぶつかり合う衝撃音を聴きながら、統矢は愛機に躍動を念じて身も心も重ねる。そうしてまた、あの奇妙な感覚が訪れるのではと信じて疑わなかった。

一瞬が何倍にも引き伸ばされた、すべての時が動きを止めたかのような感覚。

あらゆるすべてが知覚で感じ取れる、圧倒的な空間支配力……それはまた、統矢の脳裏を包んで別世界へといざなった。

「見える……この感覚は、また……ッ！　勝負は預けたっ、次こそ倒す！　絶対に倒す！　お前だけは……俺が倒すんだ！」

両腕を失ったままでも、ゼラキエルは目の前に壁となって立ち塞がる。その胸に装備された真紅のパネルへと光が集束していった。それを統矢は覚えている……あれは、地殻を破壊する程の膨大な熱量を発生させる、ゼラキエルの最大最強の攻撃だ。北海道を海の底へと消した、恐るべき熱線の超大規模放射。その高まりに、ゼラキエルの胸が赤々と燃え出す。

だが、すかさず統矢は愛機の纏うボロ布を剥ぎ取るや、それをゼラキエルの頭へと叩きつけた。顔面をシートで覆われた敵が、一瞬だけ動きを止める。

それは、背後で千雪が左右の空飛ぶ剛腕を直撃コースから逸らすのと同時だった。

「よし、離脱する……千雪、悪ぃ……その、あ、ありがとう」

『いえ。フルブーストで飛びます。着弾まであと一二秒』

二人のパメラがありったけのフル出力で跳躍する。スラスターを全開に、ジャンプで戦域を離脱。

その直後、遠くの艦隊より放たれたＧｘ反応弾が、周囲を白い闇で染めていった。

第三章　そしてまた戦争が始まる

広がる白い闇が、すべてを塗り潰してゆく。

離脱する統矢たちの背を、この星で最強の業火が焼き尽くした。

大湊の艦隊から発射された、Ｇx反応弾だ。ミサイルでは迎撃されてしまうため、戦艦の主砲から発射されたそれは、前世紀の戦術核に匹敵する威力がある。それでいて、放射能の半減期はわずか数日と、政治家や軍人の罪悪感を和らげてしまっていた。

だが、統矢は知っていた。

絶対元素Ｇxが生み出す最悪の兵器ですら、足止め程度にしかならないと。

「くっ、衝撃波が来る！」

激しい揺れの中で、【氷蓮】の全身がガタガタと揺れる。スキンテープも各所で解けて、ありあわせの装甲はいくつか滑落して消えた。

Ｇx反応弾の光に背を押されて、統矢はどうにか市街地へと戻る。

すでに青森市は混乱の渦中にあり、消防と警察、そして皇国軍の車両が忙しく行き来していた。

『いったーい！　なによもう、味方ごと焼き尽くす気⁉……オデコ打った、うう』

『ラスカさんの改型四号機は軽いですからね。あの爆風の中、よく無事で』

『なによ、あったりまえでしょ！　このアタシを誰だと思ってるのよ！』

『……それにしても、ひどい。これが、パラレイドのもたらす災厄《さいやく》』

千雪の言う通りだった。

あれだけ遠くの山野から、統矢や皇国軍のパンツァー・モータロイド部隊を狙って放たれた光。それは無情にも、回避した数だけその背後の街を灼いた。

流れ弾となったビームによって、青森市はそこかしこで炎と煙を巻き上げていた。

足元に目を落とせば、統矢もさすがに絶句するしかない。

誰もが皆、呆然《ぼうぜん》と山の峰々に立ち上るキノコ雲を見詰めていた。

パニックになった老人たちがいる。

幼い子どもたちは皆、泣いていた。

大人たちは必死に消火と救助に走っていたが、目に見えぬ絶望感がはっきりとコクピットに伝わってくる。

「クソッ！……また、守れなかった。もうすぐこの街も……いや、させない！」

青森市は皇立兵練予備校の青森校区を擁する県庁所在地である。

公道でパメラを見る機会も少なくはないのだろう。

だが、人混みを避けて青森校区に戻ろうとする統矢たちは、悲鳴や怒号を耳に拾ってしまう。それは悲痛な叫びとなって、統矢の胸をえぐり貫いた。

『だ、誰かっ！まだ主人が中に……誰か、助けてください！』

『落ち着いて、奥さん！危ないから下がって！』

『倒壊するぞ、離れろ！火の手もそこまで迫ってる！』

日本は何度も震災に見舞われ、そのつど立ち上がってきた歴史がある。

だが、そんな国民性をあざ笑うかのように、パラレイドは一瞬ですべてを奪ってゆく。地震とは違って、明らかな敵意と殺意を持って攻撃してくるのだ。

『統矢君？ 大丈夫ですか？』

『ちょっと、統矢！ いいからさっさと戻るわよ！……アタシたちがいても邪魔なんだし』

今、千雪とラスカの機体は謎のパメラを両側から支えている。

統矢の【氷蓮】も、辛うじて応急処置が終わったにもかかわらず、ダメージは深刻だった。チリチリと燃えるマント状のシートの下で、多くのパーツが脱落している。

それでも、目の前の惨劇を素通りすることはできなかった。

パラレイドにはおおよそ、目的や要求が見当たらない。

長らくコンタクトを試みてはいるものの、いっさいの交渉が通じない敵なのだ。平和と対話を主張した市民団体が、戦場で集会を開いて皆殺しになった事件さえある。

理不尽、そして不条理……それが人類の天敵、パラレイドだった。

統矢は外部へのスピーカーを確認して、ヘッドギアのインカムに声を吹き込む。

「そこの人、離れて！ 建物の屋根を引っ剥がす！ 旦那さんはどのあたりに？」

ラスカが止めに入る気配があったが、さらにそれを千雪がそっと制してくれた。

統矢は身重に【氷蓮】を操作し、炎が迫る中で傾《かし》いた家屋に手をかけた。

『二階の部屋に……お、お願いします！ 主人を助けてくださいっ！』

『いいから離れて、奥さん！ おいっ、そこの幼年兵！ 無茶はするな、ここは任せて』

だが、泣き叫ぶ夫人を庇《かば》う消防士もわかっている筈だ。

もう、時間がない。

そして、救助用の車両を待っていたら間に合わないのだ。

そう思っていると、不意に単分子結晶の大型ダガーナイフが放られる。見もせずそれをキャッチすれば、ラスカが溜息混じりにぼやく声。

『止めてもやるんでしょ？　さっさとやりなって。身重に屋根だけ、そっとね』

「ん、サンキュ、ラスカ」

『……別に。いいからさっさとやってあげて』

統矢は【氷蓮】が手にする巨大な剣をアスファルトに突き立てる。

こんな大鉈では、建物ごと真っ二つだ。

借りたナイフの刃をそっと屋根に当てる。木造建築の古い日本家屋だ。瓦《かわら》がバラバラと散って、まるでバターを切るような手応えが操縦桿に伝わってくる。

築五十年といったところかと、統矢は緊張に唇を舐めた。

これが、日本の現実、地球の現状だ。

あらゆるリソースを戦争につぎ込んだ結果、文化も文明も激しく衰退して逆戻りである。昭和中期程度と言われている日本など、まだいいほうなのだ。

統矢も驚く切れ味で、あっさりと屋根の一部が切り取られる。それをもう片方の手で掴んで、静かに車道側へと置く。

倒壊寸前の住宅はいよいよ軋《きし》んで傾くが、統矢はさらにもう一度ナイフを入れた。

二箇所目の屋根が排除されると、その下に倒れた人影が見える。

「見つけた！……落ち着け、俺……【氷蓮】、お前と俺ならやれるはずだ」

ナイフを置いて、そっとマニュピレーターを差し出す。

握れば鉄拳、あらゆる武器を使いこなすパメラの手だ。加減を間違えれば人間など一瞬で磨り潰してしまう。ある意味で、戦闘とは違う繊細さが統矢に求められていた。

その意志をＧｘ感応流素が拾って、そっと男性の身体を持ち上げる。

それは、音を立てて建物自体が崩れてくるのと同時だった。

「ふう……これでよし、と」

このような作業を統矢は、北海道校区で学んだことがない。

すべての幼年兵は、パラレイドと戦って倒し、倒されて死ぬための訓練しか課せられていないのだ。

だからこそ、統矢は緊張感から解放されて全身から力が抜けた。

それでも最後まで気を抜かず、男性をそっと地面に横たえる。

駆け寄る消防士たちを押しのけるようにして、夫人が覆い被さり抱きつくのが見えた。

『あなたっ！……生きてる、生きてるわ！は、早く救急車を』

『おいっ、担架《たんか》！急げよ、すぐに火の手が回る！さ、奥さん。旦那さんとこちらへ』

どんな兵器でも、使い方次第で人の命を救える。

そういう偽善じみた言葉が統矢の脳裏を過ぎった。

だが、それは嘘、欺瞞《ぎまん》だ。

パメラはパラレイドを倒すためだけに造られたのだ。そして、目の前の夫人や幼い子どもたち、老人や傷病者でも動かせるように人型に設計されている。

ラスカの改型四号機にナイフを返して、統矢は【氷蓮】に再び剣を握らせる。

兵器は兵器、暴力装置でしかない。

パメラはパイロットを消耗品として戦いに引きずり込む、鋼鉄の棺桶《かんおけ》でもあるのだ。

「……戻ろう、千雪。ラスカも」

『はい、統矢君。それにしても、意外でした……ラスカさん、優しいんですね』

『ばっかじゃないの！　くだらない。……見てられないのよ、ああいうの。愛する男を失った女って、誰でも強くはなれないんだから』

なにか、一瞬だけラスカの声がトーンダウンした。

だが、その時は統矢にはわからなかった。

英国から逃げてきた少女が背負う、パラレイドに課せられた重い十字架を。

とりあえず、手を振り歓声をあげる市民たちを一瞥して、そっと統矢は【氷蓮】をジャンプさせた。背後では、千雪とラスカも息を合わせてついてくる。

ぐったりと遺体のように、謎のパメラも空へと引きずられていた。

「校区の方にも火の手が……敷地内にもビームの直撃があったのか」

『死傷者が出たでしょうね。統矢君、ラスカさん、急いで戻りましょう』

『あーやだやだ、パメラで死んでこいって言われて、その前に殺されるのはゴメンだわ』

ラスカが唇を尖らせるように吐き捨てる。

不思議と統矢も、もっともなことだと同意してしまった。

統矢はまだ死ねない。

幼馴染の無念を宿して、パラレイドと戦わねばならない。

先の見えない仇討ちを始めたからには、もう止まれないのだ。

その覚悟を新たにしていた、その時だった。

ふと、レシーバーから信じられない声が聴こえてきた。

「——ッ⁉い、今……今っ、なにか言ったか？　千雪、ラスカも」

『いえ、何も』

『なによ、幻聴？　アンタ、大丈夫？　……ねね、本当に大丈夫？　平気？』
それは言葉を象《かたど》らない、まるで息遣いだけの呟きだった。
だが、確かに統矢は聴いた。
それも、信じられない声音を。
懐かしくも愛おしい、永遠に失われた声色が触れてきたのだ。
「ん、まただ……広域公共周波数《オープンチャンネル》？　どこからだ？」
『ちょ、ちょっと統矢！　さっきからなにを――あ！　こ、これって』
ラスカも確認したようだった。
何度目のジャンプ飛行を終えた三機は、ようやく青森校区の敷地内に戻ってきた。
そこで、今度は千雪が謎の声を拾う。
『なにか、聴こえましたね。校区内も混乱して無線が入り乱れてますが、これは』
かすかに響いて消える、それは少女の声。
若い女の、泣いてるような声だった。
そして、それが統矢には信じられない。
次の瞬間には、千雪もまた驚きを口にする。
『統矢君、今……ラスカさんも。聴きましたか？　どうして』
『……この機体、アンタと関係あんの？　今、言ったわ。確かに聴こえた』
そう、統矢にもはっきりと聴こえた。

――千雪さん、行ってきます。

謎の所属不明機の中で、一人の少女が眠っているようだ。

そのすすり泣くような寝言は、確かに千雪の名を呼んだのだ。

それも、ありえない人物の声で。

統矢だけがそこに驚き、なぜ千雪なのかさえ忘れてゆく。そこには、彼を守って死んだ少女の気配があった。まったく同じ声だったのだ。

「ど、どうして……なぜ、りんな、の、声が」

そう、あの声だ。

かすかに聴こえた、それは更紗《サラサ》りんなの声だったのだ。

謎のパメラは次元転移であらわれ、現代の科学技術では鍛造不可能な規模の巨大単分子結晶を装備していた。

謎が謎を呼ぶ中で、統矢だけにさらなる謎が突きつけられる。

だが、それっきり声は途絶えてしまった。

誰かが乗っているのははっきりしたし、やはりどこかの試作実験機《プロトタイプ》かもしれない。

ただ、それだけでは説明し切れぬ謎に、統矢は言葉を失い両手を震わせるのだった。


統矢の長い一日が終わろうとしていた。

九七式【氷蓮】のコクピットを出た統矢を、夕暮れ時の冷たい風が洗う。青森校区に帰還した彼は、多くのパンツァー・モータロイドで混雑する中で機体を降りた。

遠くに振り返る山並みは、戦略兵器で吹き飛ばされた跡がここからでも見える。

そして、その爆心地で今もセラフ級のパラレイド、ゼラキエルは健在だ。

撤退中にすでに統矢は、ゼラキエルが行動停止状態でしかないことを通信で聞かされていた。

「統矢君、お疲れ様でした。ラスカさんが例の機体を運びこんでくれています。一緒に格納庫へと行きましょう」

隣へ片膝を突いて屈み込むパメラは、千雪の八九式【幻雷】改型参号機だ。一角獣のような角のついた、空色のマッシブな機体から降りるなり千雪は静かに駆け寄ってくる。

相変わらず真っ直ぐに見詰めてくるので、思わず統矢は精緻《せいち》な小顔から目を背けた。

先ほど無茶で無謀な戦闘をした挙句に、助けられたことを思い出せば恥ずかしかった。

「統矢君？　どうしましたか、私の顔に何か」

「い、いや、違うんだ。違う、お前はいつも通り……そ、それより」

「はい」

「……さっきはすまん、悪かった。俺は……少し前のめり過ぎた。だって、あいつは……あのパラレイドは、北海道を……りんな、をっ？　が、ぎっ？」

不意にひんやりと冷たい手が、統矢の両頬を包んできた。

そして、無理矢理にゴキリと首を前へと向かせる。

前を向かされた統矢の視界に、顔の近い千雪の大きな瞳が潤《うる》んでいる。

千雪の手は、小刻みに震えていた。無理もない、フェンリルの拳姫だとか【閃風】とか、エースだと祭り上げられていても……彼女には今日がはじめての戦場、実戦だったのだ。

それでも、微塵もそんな雰囲気を見せずに千雪はじっと統矢を見据えてくる。

「統矢君！」

「は、はいぃ！」

「……こういう時は、『すまん』とか『悪かった』じゃありません。『ありがとう』ですよ？」

「あ、ああ……ありが、とう。……ありがとう、千雪」

「はい、どういたしまして。またいつでもどうぞ」

千雪は小さく微笑むと、統矢から手を放して歩き出す。その背を追って、統矢も次々と生徒たちのパメラが出てくる格納庫へと脚を向けた。

青森校区の日常風景は、一変していた。

戦争が始まった、否《いな》……とっくに戦争は始まっていたのだ。それが今、この青森県にまで及んだだけの話。世界は今、地球全土で終わりの見えない永久戦争をしているのだ。

皇国軍の輸送機がひっきりなしに飛ぶ空の下、統矢は格納庫へと千雪を追う。

緊張感に満ちた空気の中では、教師も生徒も必死で忙しそうに走り回っていた。

「すぐに皇国軍の主力が県内に展開するそうです。三沢の在日米軍も動き出しました……足止めしたパラレイドを殲滅《せんめつ》するため、この街は戦場になりますね」

千雪の声は、ふだんと変わらぬ凛として涼やかな透明度を保っている。

だが、そうして自分を演じているようにも統矢には思えた。

足早に歩く千雪と統矢の横を、次々とロービジに塗られた八九式【幻雷】が出てゆく。キャリアに載せられシートを被せられたまま運ばれてゆく機体もあれば、パメラでお馴染みのカービン銃を束ねて運ばされてる機体もある。武器もふだんはあまり使われぬバズーカ系などのオプション兵装がアチコチで床に並んでいた。

この場所は今、最前線の基地も同然だった。

そして、忙しい喧騒と怒号を潜り抜け、戦技教導部が使う区画へと踏み入れる。すでにそこには、部が装備する他の八九式【幻雷】改型が並んでいた。それと……先ほど戦場から運びだした、謎のパメラ。パメラにしか見えない人型機動兵器が立たされている。

こうして並べてみると、やはり統矢にはヒロイックな外観のそれがパメラだと思えた。

千雪と統矢に気づいた戦技教導部の面々は、振り向き出迎えてくれる。

「よぉ。戻ってきたな、統矢。どうだ、戦争になっちまったぜ？　もう、お前だけ戦場帰りみたいな顔はできなくなっちまったわけだ」

いつものしまらない笑みで、部長の辰馬が苦笑した。その横にはむくれ顔のラスカ・ランシングがいるが、一人足りない。パンツァー・ゲイムがパラレイドの襲来で終わらされた時、取り乱していた桔梗の姿はそこにはなかった。

「あの、副部長さんは」

「ああ、医務室だ。……ま、察してやれ。みんないろいろあんだよ。あいつ、ＰＴＳＤでな。本当なら、コクピットに五分といられないってのに」

統矢の言葉に現状だけを語る辰馬の、その目元が不意に優しくなる。

鈍い統矢でも、桔梗を案ずる辰馬に特別な感情が入り交じるのが見えたが、あえてそれには言及しないことにした。

そうして統矢は皆と、謎のパメラを見上げる。

「あ、そうだ！　ちょっとアンタ、今日のパンツァー・ゲイム……あれ、無効試合だからね！」

「え？　ああ、ええと……ラスカ。あれは俺の勝ちだろ」

「うるさいわね！　あれから逆転したのよ、アタシとアルレインは！」

「いや、だってお前……パメラを降りてたじゃないか」

金切り声で目くじらを立てるラスカを適当にあしらいつつ、統矢は一人踏み出した辰馬の背を追う。辰馬は整備用のエレベーターをすでに謎のパメラに寄せており、そのカーゴに乗って昇降ボタンを押した。滑り込みで飛び乗る統矢は、それが当然のようについてきた千雪に手を伸べる。

千雪を引っ張りあげれば、キーキー喚くラスカの声が遠ざかった。

そして、パメラならコクピットがある胸部には先客がいて、辰馬が声をかける。

「よぉ、どうだ？　なにかわかったか、」

辰馬の呼びかけに、ツナギの作業着姿が振り返る。ポニーテイルの少女が、瞳を輝かせながら立ち上がった。

「辰馬、ちょぉ見てみ？　これ、やっぱパメラやないか。構造ほぼ全部、共通規格やで」

「あ、紹介しとくぜ。この恥ずかしいキラキラネームは佐伯瑠璃《サエキラピス》、整備科三年な」

「むむっ、そっちは……噂の摺木統矢やね！　こないだはよぉ壊してくれたなあ、実技教練で【幻雷】を。あれ、うちら整備科と共用しとうよ？　大変やったんやから！」

関西弁でまくし立てられ、思わず統矢は少しだけ身をのけぞらせる。

そういえば以前、授業の実技教練で千雪と戦い、こっぴどく負けたのだった。

「すみません、佐伯……瑠璃、先輩？」

「名前を呼ぶなっつーの！　恥ずいわ、摺木統矢！　あと、千明ちゃん！」

「私、ですか？」

「せや、あんた以外に誰がおるねん。……五体バラバラにしたなあ、猪熊の機体。おかげでよーけ、各部分解整備の訓練素材に困らへんわ」

「それはよかったです」

「嫌味で言うとるねん、このドアホ！」

千雪は無表情で、不思議そうに小首を傾げる。

統矢は結果的に自分のやらかしがスルーされて胸をなでおろした。

「まぁ、そう絡むなよ瑠璃」

「辰馬がそう言うんやったら……でも統矢、自分すごいなあ？　千雪ちゃんと二人で【氷蓮】直したて。パーツも少ないのによくやったわ、見てくれは最悪やけど」

「で、どうだ？　こいつ、開きそうか？　見たとこパメラと一緒で、ここがコクピットみたいだがよ」

辰馬が身を寄せると、ころりと瑠璃は機嫌を直した。そして謎のパメラに話題が続くと、それはもう眩しいほどに瞳をめかせて喋り始める。

「それやけどなあ、辰馬！　これ、めっちゃすごいでえ。千雪ちゃんも。そう思わん？　どこ製やろな、見たこともないパメラや。えろう趣味的やけど、多分どこかの新型、試作実験機やで」

「機体照合は」

「データ照会したけど該当ナシや。あ、先生らには言うてへん。こんだけ目立つモン持ち込まれても、今の校区内はそれどこやないさかいな」

「先公には部長の俺があとから言っとく。それより、だ」

コン、と辰馬が叩く謎のパメラを、改めて統矢も見やる。

白を基調に青と赤、黄色が散りばめられている、見るも鮮やかなトリコロール……恐らくデモンストレーションカラーだ。どこか騎士を彷彿とさせるスマートなデザインラインは、統矢も見たことがない。あのパメラマニアの千雪も知らなそうなので、瑠璃が言う通りの出自かもしれない。

だが、この機体は戦場に次元転移してきたのだ。

パラレイドだけが使う次元転移は、科学が発達した現代の地球でも解明されていない。

統矢は改めて訝しげな視線でツインアイの並ぶ頭部を見上げる。確かに千雪の言う通り、少し完調状態の【氷蓮】に似てるかもしれない。そう思っていると、電子音が小さく響いた。

「お、ハッチが開いたで。やっぱ全部、共通規格やわあ」

瑠璃の声と同時に、コクピットのハッチが静かに跳ね上がる。

回りこんで正面からコクピットを覗き込み……統矢は絶句した。突然網膜を通して脳裏に広がった光景が、余りにもありえない状況だったからだ。

「パイロットは女、か。見たとこ歳は近いな？」

「気ぃ失ってるだけみたいやけど……どないしよ」

高鳴る鼓動。

止まる呼吸。

そして統矢は、周囲の音が遠ざかる中で瞬《まばた》きも忘れてコクピットを凝視する。

フラッシュバックする凄惨な光景が、目の前で一人の少女に重なった。

そこには、あの日北海道で死んだはずの……更紗りんながいた。


青森校区の学生たちが、親元を離れて暮らす第二の我が家……はまなす寮。天涯孤独の身となった統矢は、自分の部屋への道をどう戻ったか覚えていない。

統矢は混乱の境地でうろたえていた。

「統矢、九七式【氷蓮】の脱落した装甲な、街中から集めて修理しといたぜ？　破れたスキンテープも巻き直したし……おい、統矢！」

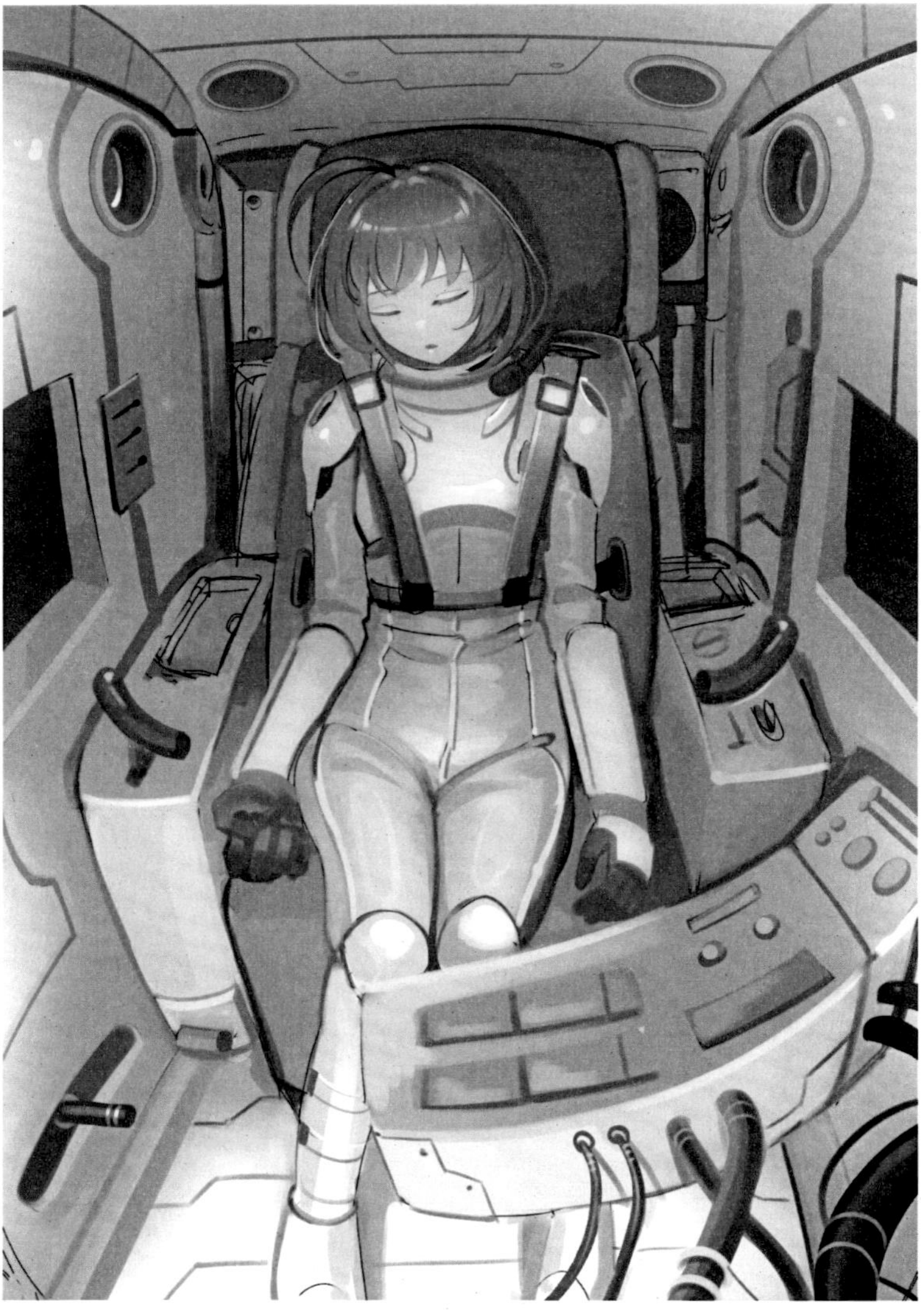

廊下で擦れ違った級友の誠司が、手をあげ声をかけてくれる。

その優しい言葉すら、頭の中をすり抜けた。

今、統矢の脳裏を支配しているのは、ありえない現実。現実感を喪失しつつある自分が、それでもと信じずにはいられない真実だった。

あの冬の北海道で死んだ幼馴染、りんなは生きていた。

謎のパンツァー・モータロイドのコクピットに収まっていたのは、間違いなくりんなだった。

友人の声を無視するように、薄暗い自室へと統矢は無言で帰宅を果たす。すでに日は落ちていたが、外は皇国軍のヘリや輸送機がひっきりなしに飛んでいた。迫る闇夜を振り払うように、サーチライトが無数に空を切り裂いている。

そして、がらんとした部屋には統矢を待つ人影があった。

「よぉ、邪魔してるぜ？　しっかし、味気ねえ部屋だな」

「あんたは……五百雀、先輩」

そこには、青森校区の部長、辰馬の姿があった。彼はぼんやりと見詰める統矢へ、手にしたなにかを放り投げてくる。受け取ればそれは、まだじんわりと温かい缶コーヒーだった。同じものを辰馬は持っていて、プルタブを開ける音が小さく響く。

一口コーヒーをすってから、辰馬は部屋の真ん中に座り込んだ。

荷物の少ない室内は、白い壁だけが闇に沈んでいる。

明かりをつけるのも忘れて、統矢は立ち尽くしていた。

「さっきのアレな、一応先公にも話をと思ったんだけどよ……この騒ぎだ、職員室が今じゃ作戦本部みたいになっちまってる」

「……ええ」

「軍も出張ってきてて、校区内は最前線基地に早変わりだ。明日から忙しくなるぜ……飯は食ったか？統矢」

「いえ、まだ」

気遣うような辰馬の声音は、ふだんと変わらぬ飄々《ひょうひょう》としたものだった。

だが、耳へと入り込んでくるその声も、統矢の思考へ触れてくることはない。まるで右の耳から入って、左の耳へと素通りするような感覚。

それでもの統矢を前に、ちびちびと缶コーヒーを飲みながら辰馬は溜息を零した。

「あの子が、お前の幼馴染……更紗りんな、か？」

ビクン！と統矢の身体が震えた。

そう、辰馬に言われるまでもない……自分が見間違えるはずがない。

所属不明機のコクピットで眠っていたのは、りんなだった。眠っているだけ、気を失っているだけで生きていたのだ。あの日、【氷蓮】のコクピットから救い出した姿を、今も統矢ははっきりと覚えている。

その生命の鼓動が消えて失せる感触は忘れられない。

「あれは、りんなだった……」

口に出して呟き、それを自分の中に確認する。

間違えようがない、毎日飽きもせずに顔を合わせていた幼馴染なのだ。もう、十年以上も一緒に北海道で育って暮らした、世界で一番身近な他人……おそらく無意識に、りんなは自分の一部で、自分はりんなの一部だと感じていたかもしれない。

自分とまるで真逆なのに、いつもそばにいてくれた半身……己と対となる比翼《ひよく》の翼。

統矢はふらりと窓際の机に向かって、そっと手を伸べる。開封することなく缶コーヒーを置いた手が、机の上のタブレットを取り上げた。

振り返りながら操作し、辰馬へと突きつける。

あの日以来、千雪しか開いていなかったフォルダの中を表示させながら。

「あれは確かに……間違いなくあいつだった。更紗りんなだった」

タブレットの中には、つい半年前の写真。戦場となった北海道校区に優先的に配備されていた【氷蓮】のコクピットで、面倒くさそうにカメラを睨んでいるのは統矢だ。そして、その横に抱きつくように密着した笑顔は、あの日のままのりんなだった。

写真で見るりんなの笑顔は、それが永遠に失われた今でも眩しい。

今時めずらしい個人所有のタブレットを見詰めて、「ふむ」と辰馬も唸った。

「確かに。さっきのパメラから出てきたカワイコチャンだな、こりゃ」

「どうして……なぜりんなが？　それも、生きてたなんて」

「他人の空似ってことは……ないな。お前さんが見間違うはずもねえ」

辰馬の言葉に統矢は無言で首肯を返す
自分の視界へとタブレットをひっくり返せば、タップする先々にりんなの笑顔がちりばめられている。こうして過去の写真を見れば見るほど、眠れる謎の少女がりんなとしか思えなくなる。

そう思い込みたい自分もいて、それが現実との整合性の狭間《はざま》で迷っているのだ。

辰馬は立ち上がると、俯く統矢の肩をポンと叩いてくる。

「統矢、とりあえず飯だ。飯をちゃんと食え。そしたら会いに行こうぜ？　その、りんなちゃんによ」

「会いに……行く？」

「そうだ。俺らは寮生だが、ラスカは実家暮らしでな。りんなちゃんは目覚めるまでそっちで面倒見てもらってる。校区内は軍人も入り込んでごたついてるからな」

辰馬の賢明な判断力に感謝しつつも、ぼんやりと心ここにあらずといった状態で統矢はうなずいた。

あの少女が……もう一人のりんなが、目覚める？　そう、気を失って眠っているだけで、なんのダメージも見受けられなかった。呼吸も脈拍も正常で、外傷はまったくない。

その彼女が目覚めた時、統矢はなんて言えばいいのだろうか？

――果たして彼女は、本当に統矢の知る更紗りんななのだろうか。

「統矢、お前さ……りんなちゃんってのは、コレか？」

おどけて肩を組んできた辰馬が、右手の小指を立てて見せる。

自分の女だとも、恋人だとも言えない統矢だったが、辛うじて言葉を絞り出した。

「代わりのないもの……かけがえのないやつ、だった。と、思う」

「そっか……そうだな。なあ、統矢！　俺の愚妹は、千雪はどうだ？」

「へ？　……？　そ、それは、その」

「フェンリルと恐れられた、我らが青森校区戦技教導部のエース……誰が呼んだか、通り名は【閃風】だ。容姿端麗、学業優秀、スポーツ万能とかわいくねぇさ」

「千雪は、その……親切な、やつです、けど。でも、俺は」

突然の質問に意味がわからなかったが、頬が自然と熱くなる。りんなのことしか考えられなくなっていた頭の中に、長い黒髪の少女が浮かび上がった。

なぜか親身になってくれるクラス委員長、五百雀千雪……おそらく、この青森ではじめて統矢が心を開いた人間。その開け放たれた心にもう、彼女は自分だけの場所を占めているような気がした。それを察したのか、辰馬がふだんのしまらない笑みに表情を崩す。

「そっ、そそ、そういう五百雀先輩こそどうなんですか。……その、副部長さん。御巫先輩とは」

「辰馬でいいぜ、んー？　はは、どうかねえ？　秘密だ、秘密。公然の秘密ってやつだな。それより」

グッと肩を抱く腕に力を込めて、辰馬が額を寄せてくる。すぐに真剣な表情になった彼は、統矢に力のこもった言葉を投げかけてきた。

「統矢、お前も戦技教導部に来い。フェンリルの一員として戦うんだ」

「俺が……？」

「今なら八九式【幻雷】の改型伍号機《かいがたごごうき》が空いてる。旧式だがお前にくれてやる。好きにチューンして使え。どうだ？」

「俺は、俺は……」

答は決まっていた。そして、定まった答の前では形式や立場など些細なことに過ぎない。

すでに青森は最前線、辛うじて動きを止めたパラレイドは……セラフ級のゼラキエルはすぐにでも復活するだろう。そうなれば、青森校区の生徒たちは幼年兵として戦わなければいけない。その先頭に立つのが、戦技教導部だ。

「俺は……戦いますよ。今度こそりんなを守る、守り切る。その上でやつを……やつらパラレイドを駆逐する。たとえりんなが戻ってきたとしても、りんなを失った俺の気持ちは、まだ！」

「オッケーだ、歓迎するぜ？」

「でも、俺はあの機体に……【氷蓮】に乗り続ける。りんなの機体で俺は戦う」

離れた辰馬は冷やかすように口笛を吹いたが、統矢の気持ちは変わらなかった。

青森での決戦が始まる前夜、まだまだ冬の寒気が居座る四月の末だった。凍れるように寒い夜の帳《とばり》は今、展開を続ける軍の動きで騒がしい。その不気味な鳴動は統矢を、再び戦場へと誘うように響き続けていた。


はまなす寮での夕食を終えた統矢は、辰馬に連れられるままに夜の郊外に出ていた。

まだまだ雪の目立つ青森市の中心市街地は、カーキ色の軍用車両がひっきりなしに走っている。戒厳令が発令されていないのは、そこまで気が回らないから。なぜならもう、すぐ目と鼻の先にパラレイドはいるのだから。

明日には全県避難も始まるだろうが、それすらも悲壮な決戦を前に無意味に思えた。

物々しい夜道を歩いて十五分、統矢の前に巨大な古びた洋館があらわれる。

「よぉ、俺だ。ラスカ、いるだろ？　通してくれや、爺《じい》さん」

最初に出迎えたのは執事と思しき老人で、まるで異国の昔話に放り込まれたような錯覚を統矢は覚える。辰馬は慣れているのかまったく気にせず、執事が案内するままに邸宅へと入っていった。

続く統矢は、屋内へと入って思わず息を呑んだ。

古い建物は清潔感に溢れ、忙しそうにメイドたちが大勢行き来している。

思わず見惚れてキョロキョロしていると、目の前に小柄な金髪のメイドが立った。

「よく来たわね、辰馬！　……統矢も。ついてきて、こっちよ」

腰に手を当て高圧的な、メイドにあるまじき態度の生意気そうな少女だ。統矢は思わず「げっ」と声を漏らした。

そこには、相変わらず勝ち気な表情に青い双眸《そうぼう》を並べた、ラスカ・ランシングの姿があった。

どういうわけか彼女は、校区内でのツインテールを今は解いて、メイド服を着ている。

「お前……そういう、趣味か？」

「うっさいわね！　事情があんのよ。それより、例の女でしょ？　今は千雪がついてるけど、やっぱ気を失ってるだけみたい。ほら、こっち！」

ガシリ！　と遠慮なくラスカは統矢の手首を握ってきた。小さな手で、やけに熱い。そのまま強引に引っ張るので、ニヤニヤ笑う辰馬の前で統矢は引きずられてゆく。どういうわけか、手を引き先を歩くラスカの耳が真っ赤だった。

そうして、他の多くのメイドがすれ違うたびに頭を垂れる中、三人は屋敷の奥へ進む。

「この部屋よ。ほら、さっさと入る！」

「あ、ああ。……大丈夫だ、俺は落ち着いている。りんなと会っても、俺は平気だ」

自分に言い聞かせて、ドアのノブを掴む。

このドアの向こうに、死んだはずの……りんながいる。りんなとしか思えぬ容姿で眠る、謎のパンツァー・モータロイドと思しき機体から出てきたパイロットだ。

気づけば緊張に胸が高鳴り、呼吸が浅くなってゆく統矢。

それでも、意を決してドアを開こうとした、その時だった。

「あら、お客様？　まあまあ……どちら様かしら」

ふと背後で声がして、三人は同時に振り向いた。

そこには、一人の婦人が立っていた。戦時下ゆえの質素な身だしなみだが、着こなしに気品がある。年の頃は、まだ三十代後半くらいだ。

どこか上品な雰囲気をまとっているその女性に、統矢は違和感をもった。

その女性は、優雅な表情の中で瞳に虚ろな闇を満たしているのだ。

そして、そのことに気づいた瞬間、ラスカが声をあげた。

「あっ、ママ――！……奥様。こちらの方は、ラスカお嬢様のご友人です」

一瞬統矢には理解が及ばなかった。ほかならぬラスカ自身が、なにを言っているのだろうか。それも、今確かに統矢は聴いた。ラスカは、お母さんと言おうとして言葉を無理矢理に飲み込んだのだ。

そして、まるで本当のメイドのように、かしこまって声色を作っている。

「あら、そうなの。皆さん、いつも娘がお世話になって。ゆっくりしていって頂戴ね。ああ、それと……あなた、ちょっとアルレインを探してくれないかしら？　どこにもいないのよ」

「奥様、それは」

「娘の飼ってるアルレインよ。あの子は賢い犬だから、きっとラスカのところにいるのかしら。ラスカが甘やかすもんだから、もう……ふふ」

実の親子同士の会話ではなかった。

ラスカの母親は、自分の娘を今は本当にメイドだと見ているらしい。そして、それを飲み込まねばならないことに、どうやらラスカは必死で耐えているようだった。

ラスカは両の拳をグッと握って、立ち尽くしている。

彼女の両手に食い込む指の爪の、その音が聴こえてきそうなほどだった。

異様な親子の風景に統矢があっけにとられていると、ポンと辰馬が肩を叩いてくる。彼は目線で無言を促しつつ、統矢に代わってドアのノブを回した。

ラスカと母親を残したまま、複雑な思いで統矢は部屋の中へと脚を踏み入れる。先ほどまでの戸惑いも、突然の歪《いびつ》な母子の光景を前に吹き飛んでしまっていた。

すぐに視界に入ってきたのは、振り向く千雪だった。

そして、彼女が付き添っているベッドの上に、上体を起こす少女の姿があった。

「統矢君。兄様も。ついさっき、彼女が意識を取り戻したんですが」

相変わらず澄んだ無表情の千雪だが、心なしかその顔に浮かぶ凛とした細面が影っている。それが困惑だと気づいたが、もう統矢は自分で自分を止められなかった。

ベッドの上で、少女がこちらを向いて大きく目を見開く。

短く切り揃えた、ショートボブの髪の毛。くりくりと瞬きを繰り返す瞳も、すらりと通りのよい鼻立ちも、すべてが記憶の通り。

慌ててベッドへと駆け寄る統矢には、間違いなく幼馴染に見えた。

「りんな！　俺だ、統矢だ。わかるか、俺が？　なあ、りんな……生きてたんだな、りんな」

千雪の側をすり抜け、統矢はしがみつくようにベッドの上の少女に迫った。その細く華奢《きゃしゃ》な肩に両の手を置き、気づけば力を込めて握り締めていた。

それで少女が表情をわずかに歪めたので、慌てて統矢は手を離す。

だが、見下ろす少女の顔は、その一挙手一投足は、確かに記憶の中のりんなと同じだった。

その彼女が、わずかに乱れたパジャマの襟元を直しながら口を開く。

「あ、あの」

声も、りんなだ。

間違いなく、統矢の側で十年以上一緒だった声だった。

それで統矢は、高鳴る鼓動が早鐘《はやがね》のように耳元で響くのを聴く。まるで全身が心臓になったようで、周囲で言葉を交わす辰馬と千雪の声も頭に入ってこない。

なにかを言おうとして見詰めてくる少女を、ただ統矢もまた真っ直ぐ見詰め返した。

だが、残酷な言葉が統矢を空気の震えで引き裂いた。

「あなたは……誰？　わたしを、知ってる方、ですか？」

頭をハンマーで殴られたような衝撃に、思わず統矢はよろける。

自ら復讐鬼となって戦いに邁進《まいしん》した、その原動力が統矢の淡い期待を裏切った瞬間だった。だが、それでもなにかしら事情があるのではと、統矢は都合のいい理由を自分に言い聞かせる。

そう、彼女の乗るパメラは次元転移してきたのだ。

なにか事情が……まだ統矢たちが知らぬ背景があるのでは？

祈るような気持ちでそう願いながら、統矢が次の言葉を選んでいると、

「統矢君、落ち着いてください」

不意にひんやり冷たい手が、統矢の手を握ってきた。

それで初めて、統矢は自分の手が震えているのを知った。

あまりの衝撃に狼狽《うろた》えて、統矢は身震いに動揺していたのだ。

「千雪……な、なあ、りんなは……どうして俺を。どうして」

「大丈夫です、統矢君。落ち着いて聞いてください……彼女は、どうやら記憶に障害があるようです。記憶喪失……私と言葉を交わした限りでは、彼女はなにも知らず覚えていません」

「記憶、喪失？」

それで統矢は、改めて少女を見やる。

萎縮《いしゅく》して落ち着かない様子で手と手の指同士を遊ばせる彼女は、統矢の視線から逃げるように目を逸らした。

自然と、先ほどのラスカと母親のやり取りが頭をよぎる。

人間は強い心理的な外傷を受けると、自らを守るために記憶を閉ざしてしまうことがある。他にも外的要因等、さまざまな理由で記憶障害は起こる……その程度の知識は統矢にもあった。だが、それが自分の親しい人間……それも、渇望してやまぬ喪失感の根源に振りかかるとは、想像だにしなかったのだ。

「そ、それじゃあ、俺のことも……？」

「はい。あのパメラになぜ乗ってたのかも、あのパメラがなんなのかも……彼女は覚えていないそうです」

「そんな……そんなことって、あるのかよ！　それじゃあ」

「落ち着いてください、統矢君。どんな形であれ、彼女は生きてるんです。気を確かに、気持ちをお強く……大丈夫です、大丈夫ですから」

まるで幼子をあやすような口調と声音で、千雪は握る手に力を込めてくれた。

だがもう、統矢はその手を握り返すことができない。

そんな二人を交互に見ながら、おずおずとベッドの上の少女は口を開いた。

「あ、あの……皆さんはやはり、わたしのことを？　特に、そっちの男の子は」

「俺は……俺は、お前の幼馴染だ。ずっと北海道で育った……そう、お前は、更紗りんな。りんななんだ……いつもお節介で姉気取りの世話焼きで、いつも……いつも側にいてくれた」

「更紗、りんな……っ！　う、あ、ああ……頭が」

不意に少女は両手で頭を抱えるや、そのまま身体を折り曲げて顔を伏せてしまう。

だが、苦しげに呻く声の中に、統矢は衝撃の言葉を拾った。

「頭が、割れそう……ん、でも。……そう、そうなんだ。わたしは、更紗……わたしの名は、更紗れんふぁ」

——更紗れんふぁ。

確かに彼女は、統矢のよく知る姓を名乗って、聞いたこともない名を添える。

立ち尽くす統矢から周囲の音が遠のき目の前が暗くなった。

理解不能な事態の中で、手を握ってくれる千雪の手だけが、その柔らかな感触だけが確かに感じられた。だが、それすらも手の中を滑り落ちてゆくような、そんな錯覚に統矢は沈んでいった。


はまなす寮に帰宅すると、もうすでに消灯時間を過ぎていた。

辰馬は何も言わずに、ポンと統矢の背を叩いて自室に戻ってゆく。どうやら気を遣わせてしまったようだが、そのことすら統矢には考えられなかった。

もう、思考がうまく働かない。

現実が受け入れられず、過去がフラッシュバックする。

ドス黒い血を吐いて笑う、幼馴染の無理をした表情。

謎のパメラから出てきた、おどおどと落ち着かない少女。

その二つは完全に重なるのに、真逆のようにも見える。鏡写しの名は、更紗れんふぁ。死んだ更紗りんなとまったく同じ容姿、同じ声の謎の少女だった。

「……あれは、りんなだった。りんなじゃなきゃ、いけないんだ」

だが、自分でもわかっている。

そのりんなを看取ったのは、統矢自身なのだ。

彼が握るりんなの手が、冷たくなってゆく感覚が忘れられない。

きっと、忘れてはいけない。

なのに、そんな統矢の前に突然れんふぁがあらわれたのだ。

「でも、わかってる。わかってるんだ。りんなは死んだ、もういない。なのに」

タブレットを片手に、自分にあてがわれた個室へ戻る統矢。

室内は調度品や家具の類もなく、備え付けの机とベッドがあるだけだ。

明かりをつける気にもなれず、さりとて眠れる自信がない。

パイロットは休息と睡眠も仕事なのに、今の統矢にあるのは失意と混乱だけだった。

そのままふらりと、彷徨《さまよ》う幽鬼《ゆうき》のように統矢はベランダへと出る。

見下ろす中庭の向こうに、まばらに明かりの付いたはまなす寮の女子棟が見えた。

「明日また、会ってみるしかない、か……いや、会わないほうがいいのか？　りんな、お前なら……いったいどうしたら」

四月になっても、北国の夜風は冷たい。

その凍れる空気さえも、統矢の棟に燻る疑念の霧《きり》を払ってはくれなかった。

ベランダのてすりに身を預けて、大きく溜息を一つ。

今、復讐鬼と化した統矢の根幹が揺らいでいた。

幼馴染の仇を討つ戦いと、互いの秘めた想いが響き合う未来……それがないまぜになって、今の統矢を激しく動揺させる。

そんな統矢がぼんやり見下ろす中庭に、風が吹いた。

寒風の中を、長身の少女が歩いてくるのが見えたのだ。

「あれは……千雪？　こんな時間になにやってんだ？」

星のない空、月明かりだけが眩しい。

そして、ひっきりなしに軍の輸送機やヘリコプターが飛び交う夜。

空手の道着を身に着けた千雪が裸足《はだし》であらわれた。

彼女は黒帯を軽く結び直して、そして身構える。

「稽古《けいこ》？　演舞、か」

そう、千雪はすっと息を吸って吐き、そして動き出す。

それは、空手の型だった。

深夜ゆえに気迫を叫ぶことはなかったが、その静寂が次々と引き裂かれる。

空気が震えて、風が逆巻く中での正拳突き、そして蹴り。

一挙手一投足が洗練されていて、思わず統矢は目が離せなくなった。

束の間、りんなもれんふぁも忘れた。

一通りの技を出し終えると、千雪は呼吸を整え腰元に両の拳を引き絞った。

そして、視線に気づいてこちらを見上げてくる。

「統矢君……いつからそこに？」

「あ、いや、スマン……ずっと、見てた」

「統矢君も眠れないんですね。もっともなことだと思います」

「……俺もまさか、こんなに戸惑い慌てるとは思わなかった」

そのことを認めて他者に話したら、自然と心が軽くなった。

相手が千雪だったからもあるらしい。

そして、睡魔を求める少年少女は小さく笑いあった。

「りんな……いや、れんふぁはどうしてるかな」

「ラスカさんたちが見てくれてるので、大丈夫かと」

「よく考えたら、りんななわけがないんだよな……りんなは俺の手の中で」

続きを言わずに噛み締めて、そして統矢は苦笑した。

科学文明が絶頂期を終えて、パラレイドによってゆるやかに衰退しつつある今……そんな時代に奇跡を信じる人間は少ない。統矢はもちろん、考えたこともなかった。

だから、れんふぁはれんふぁ、りんなじゃない。

「そういえば、れんふぁさんは私の名を聞いて驚いていました」

「あ、そういえば……なんか、お前の名を呟いてたもんな」

「ただ、記憶障害が激しくてまだなにも。頭痛がひどいそうです」

「そっか。まったく、ゼラキエルといいれんふぁといい、頭が痛いのはこっちだよ」

黙って千雪は、統矢のすぐ下まで来て見上げてくる。

長い長い黒髪が夜風に遊んで、汗一つかいていない美貌がぼんやり輝いて見えた。

統矢も身を乗り出して、言葉を続ける。

「俺さ、思ったんだ。れんふぁはもしかして、パラレイドの罠とか」

「次元転移であらわれましたからね、あの所属不明のパメラは」

「あとはまあ、実は生きてたりんなが人類同盟の秘密兵器で助けにきてくれた、とか……口に出したらバカバカしいけど、ついつい都合よく考えちまう」

「私も、どうして名を呼ばれたのかが不思議で。……ただ」

不意に俯き、生真面目な真顔をわずかにかげらせる千雪。

だが、彼女はふと顔をあげると、いつもの無表情でとんでもないことを言い出した。

「ただ、れんふぁさんはれんふぁさん、りんなさんではないと思います」

「やっぱそうか」

「そうです」

「そうかあ」

「そうなんです。……そうであってほしいんです」

ふと、千雪が妙なことを口走った。

それが失言だと思ったのか、すぐに千雪は手で唇を覆う。

そして、目を逸らしながら小さく呟いた。

「思い出には、勝てませんから」

なんの話なのか、いまいち統矢にはピンとこない。

でも、千雪が強く思うように、自分もまた現実を受け入れたいと思った。真実はまだまだ見えてこないが、あの少女はりんなではないのだ。

更紗りんなは、統矢を守ってあの日死んだ。

その事実だけは揺るがないし、死んだ人間は生き返らない。

「なんか、よくわからないけど、まあ、そうだよな。千雪の言う通り、他人の空似《そらに》かもしれない。他人じゃないとしても、れんふぁはりんなじゃないだ」

「ええ。でも、私たちがやるべきことはシンプルに一つです」

「だな。ゼラキエルを倒して、パラレイドを殲滅する」

「街もみんなも、れんふぁさんも守りましょう。私たちで」

「ああ」

不思議と、統矢の心が落ち着きを取り戻した。

無数の疑念と疑問が、すべてとは言わないが片付いた。

千雪と話していて、改めて直視すべき現実が鮮明になった。もしものことを考えてもしかたがない。

「それに、そうだよな……もしあれがりんなだったら」

「りんなさんだったら？」

「謎の新型機で颯爽登場《さっそうとうじょう》、パラレイドを蹴散らしてドヤ顔してくる」

「北海道校区《ほっかいどうこうく》のエースでしたものね」

「見たか統矢ー！って、鬱陶しいくらいにさ。だから、記憶喪失のあの子はりんなじゃない。そういうしおらしいの、似合わないやつなんだよ」

「……よく、わかってるんですね。りんなさんのこと」

「幼馴染の腐れ縁だからな。それだけだったし」

あの日あの時、あの瞬間までは。

二人は十年来の幼馴染同士でいられた。

絶望の死が、二人の気持ちを一つにした。

そして、手の届かぬ場所へと持ち去ってしまったのだ。

そのことを繰り返し、自分を罰するように統矢は思い出す。明日も未来も奪われたりんなの無念が、無限の憎悪となって統矢を戦いへ駆り立てるのだ。

「さて、そろそろ俺も寝るかな？なんか、少し話したら楽になったよ」

「それはよかったです。私も身体を動かしたら、どうにか眠れそうになりました」

「ん、そっか。なんか、すごい綺麗だった、千雪」

「えっ、そ、そそそそ、それは、どういう」

「空手の型、さ。やっぱ有段者ってすごいなーって。さすがはフェンリルの拳姫、【閃風】だと思ったよ」

「ああ、そういう……むぅ」

少し千雪が複雑な表情に眉根《まゆね》を寄せた。

それすらもふだんの無表情とほんのわずかしか変わらない。

怜悧なまでの鉄面皮《てつめんぴ》ゆえに、その感情の機微がわかりにくいのが千雪という少女だった。でも、なんとなく統矢にはわかる。

ただ、空手の腕前を褒めたのに拗《す》ねられるというのは、意味不明だったが。

「では、また明日。おやすみなさい、統矢君」

「ああ、おやすみ。またな、千雪」

千雪は小さく「押忍《オス》」と一礼して、去っていった。

その足取りは颯爽《さっそう》として強く頼もしい。

背中を見送る統矢も、ようやく気持ちが一段落するのが感じられた。

まだまだ謎は多いが、それを解くのは統矢の仕事じゃない。

統矢はパンツァー・モータロイドのパイロット、幼年兵だ。命を燃やして燃え尽きるまで、パラレイドと戦い続けると覚悟を決めた男なのである。

「さて、俺も寝るか……下手な考えやすむに似たり、だな」

振り切っても振り切れぬ想いは、繰り返し無数の可能性を勝手に生み出してくる。でも、その反復に踏ん切りをつけて、統矢もベッドへと向かった。
激動の一日が終わり、そして戦いの時間は確実に近づいているのだった。

第四章　決戦、集う戦士たち

冷たい朝靄《あさぎり》の煙《けむ》る中、青森市街地は慌ただしい。県外へ向かう国道七号線は今、避難する市民たちの車列で昨夜から大渋滞だ。陸に海にと人々が逃げ惑う、その流れに逆らって軍の部隊は集結しつつある。

統矢が愛機九七式【氷蓮】の中から見る校区内の景色も、一変していた。

射撃場へと向かう歪《いびつ》な改修機体【氷蓮】を無視して、次々とのパンツァー・モータロイドが擦れ違う。人類同盟の参加国にも輸出されている、御巫重工製の九四式【星炎】だ。

だが、奇異の視線を装甲越しに受けても、統矢は心ここにあらずだった。

「りんな……いや、れんふぁ。どういうことなんだ、クソッ！　あれは……あの娘《こ》はどう見ても、りんななのに。いや、れんふぁはれんふぁだ。受け入れろ、現実を」

昨夜のことを思い出すたびに、何度でも統矢の心はかき乱される。

許容できぬ現実が今、統矢の精神を蝕《むしば》んでいた。

死んだ幼馴染は、再び統矢の前へと姿をあらわした……だが、その少女は更紗りんなではないという。記憶がないと言うその声も、りんなそのものだというのに。

統矢にとって戦う理由であり、戦い続けるための原動力。

それが今、音を立てて崩れ去ろうとしていた。

「……いや待て、考えるな摺木統矢。あの娘はれんふぁだ……似ているだけなんだ。りんなは死んだ、俺の腕の中で、ならその仇を討つべく戦う。なにも変わってはいない」

早朝の射撃場には今、他のパメラは一機もいない。まだ時刻は五時を回ったばかりで、さすがの生徒たちも起床前だ。

そのまま目覚める前に、この青森ごと地図から消えてしまうかもしれないが。

いまだ行動不能で沈黙を続けるパラレイド、セラフ級ゼラキエルが再起動すれば、それは不可避の死。地球は再び表情を歪ませ、人の住む土地がまた消滅するのだ。

そのことを努めて考えぬように意識から遠ざけ、統矢は今できることへと専心する。

そうすることで、りんなとれんふぁのことも考えないようにしていた。

「れんふぁの機体が装備していた、この剣……先輩も解析してくれたけど」

包帯姿の敗残兵にも見える【氷蓮】が、肩に担いで運んできたのは巨大な剣だ。刃渡りはパメラの全高ほどもあり、その刀身は単分子結晶でできている。絶対元素Ｇｘによる爆発的な科学技術の発達を果たした現在の地球でも、このサイズの単分子結晶の精製は不可能だ。

だが、目の前にそれは広刃の大剣として存在する。

そして、整備科の瑠璃の解析は新たな事実を統矢に告げていた。

「確かに、この部分が……そう、やっぱり。そして」

不意に統矢は、乗機を操作して剣の鍔《つば》へと手を伸べる。地面に突き立てた巨大な刀身の、その鍔の部分……巨大な十字架の左右へ伸びた突起は、共通規格である機能を有しているように思えた。

そっと手を添え、慎重に操作する統矢。

コネクターが合致してパメラが接続を認識し……そのまま抜いて、構える。

剣から分離した鍔の部分は、大型拳銃となっていた。

「やっぱりか。つまり、この剣自体がマルチプラットフォームの武器庫なんだ」

剣の柄と刃を分ける鍔は、それ自体が連結された二丁の大型拳銃……そして、それは現在のパメラの共通規格でできている。威力や装弾数、射程の関係上、あまり多用される装備ではないが、各国のパメラにはオプション兵装として拳銃タイプの火器も多数あった。

統矢が操作を続ければ、Ｇx感応流素が思惟を拾って【氷蓮】は銃を構える。

スイッチを念じてトリガーを押し込んだ瞬間、銃口が火を噴いた。

そして再び、統矢は驚愕に言葉を失う。

「な、なんだ今のは……今のは、なんなんだっ！」

思わず取り乱して、頭を左右に振りながら目を疑う。

再び今度は、【氷蓮】に両手で構えさせて、慎重に拳銃で射撃を試みた。

二発目もまた、光の矢となって射撃場を真っ直ぐターゲットへと吸い込まれる。

そう、光条《ビーム》が放たれた……炸薬が撃発して弾丸が射出された形跡は、ない。

「光学兵器……ビーム兵器だって？　このサイズで！　どうやって……いや、どういうことなんだ。実用化されたなんて話は全然……!?」

驚愕に震える統矢は、背後に他者の機体が接近したことを察知する。

慌てて銃を剣へと接続して戻し、それを隠すように【氷蓮】を振り返らせた。

そこには、鮮やかな新緑色に塗られたパメラが立っている。清冽《せいれつ》なまでに澄んで冷たい、朝の空気が見せる幻影のようだ。だが、確かにその機体は近づいてくる。

すぐに統矢には、八九式【幻雷】のカスタム機……つまり改型だと知れる。

戦技教導部だけで使用される、徹底したチューニングを施された特化仕様だ。

統矢はヘッドギアの無線越しに、とても落ち着いた穏やかな声を聞く。

「おはようございます、摺木君。朝、早いんですね」

「あ、あなたは……確か、その声は」

「改めて自己紹介しますね。わたくしは戦技教導部副部長、御巫桔梗と申します。どうぞ、桔梗と呼んでください」

「は、はい……桔梗、先輩」

統矢はすぐに、先日のパンツァー・ゲイムを思い出す。ラスカ・ランシングとの一騎討ちに勝利したものの、青森は久しく本州が忘れていたパラレイドの襲撃を受けた。その時、桔梗はまるで怯えて竦むように絶叫を張り上げ、頭を抱えながら震えていたのを覚えている。

そのことをあちらも気にしているようで、クスリと小さな笑いが耳に届く。

「っ、ふう……はあ、――先日はお見苦しいところをお見せしました。笑わないでくださいね、摺木君。自分でも情けなくて……でも、忘れられなくて」

「それは、その……誰にでも、あると思うんです。だから、俺は別に」

「ありがとうございます。でも、これからの実戦ではわたくしも少しはお役に立ってみせなければ……そう思ったら、寝付けないままに夜を越してしまいました……っぐ、ん、んんっ！」

桔梗の改型弐号機《かいがたにごうき》は、おそらく長距離狙撃仕様だろう。外見は通常の【幻雷】をベースにしているが、細部がまったく異なる。頭部には精密照準器等のセンサー系を増設したバイザーがあり、両肩にはレドームや観測機器が追加されている。なにより目を引くのは、手に持つ長大なライフルだ。銃身一〇メートルほどのそれは、超長距離からの狙撃に特化した機体であることを如実《にょじつ》に語っている。

そして、統矢がなによりも以前から引っかかっていたことを口に出そうとした、その時。

「はぁ、はぁ……先ほどの武装、ふだんは別のものと交換しておいたほうがよろしいですね。巨大な単分子結晶も目を引きますが、オプションが光学兵器というのは前例がありません」

「！　こ、これは、その……ん、桔梗先輩。あの」

「佐伯さんから話は聞いてます。共通規格ですので、っ、ふ、はぁ……通常の三〇ミリオートと互換性があるでしょう。すでに佐伯さんが換装準備を手配してくれてます」

「は、はい」

「そのサイズでのビーム兵器は、人類に前例がありません。うちの会社では、粒子加速器を小型化できず艦船への搭載すらできない状況ですから、っ、ん……」

そう、確かに桔梗はうちの会社と言った。

御巫桔梗、その名を改めて統矢は呟き、ようやく気づく。

「御巫……御巫重工？　あの、日本有数の軍産複合体が、まさか。って、それより」

「わたくしの実家です。……でした、と言うべきでしょうか。以前はわたくし、東京に暮らしてました。まだ皇都だったころの、東京へ」

それだけ言って桔梗は、自身の乗る【幻雷】改型弐号機を並べてくる。

長い長い銃身を射撃場の向こう、一番遠くのターゲットへと向けると……改型弐号機の頭部を、狙撃用スコープを兼ねたバイザーが降りてきて覆った。

射撃ポジションへと身構えた改型弐号機は、そのまま片膝を突いて狙いを定める。右膝には、接地時の安定性を支える専用のスタビライザーが装備されていた。

「東京が皇都ではなくなったあの日……わたくしもまた、弟を失いました。父も母も……わたくし、だけが、生き残って。しまった」

「桔梗先輩、それは」

乾いた発砲音が響いて、はるか遠くでターゲットが木っ端微塵になる。

撃ち出されたハイコート五〇ミリ弾頭は、円を描くターゲットのド真ん中を射抜いていた。

統矢は黙って桔梗の話を聞きながら、彼女の射撃を見守った。宙へと回転する空薬莢を吐き出し続けて、桔梗の改型弐号機は淡々とあらわれるターゲットをすべて撃ち抜いていた。

そして不意に、射撃ポジションのままで改型弐号機がコクピットを開放する。

「ふう……生きてればちょうど、弟は摺木君、あなたくらいでしょうか。ふふ、摺木君は少し弟に似てます。だから、つい。……四分と少し……四分程度しか、私は。まだ」

そこには、優美なおっとりとした声とは別の表情があった。姿をあらわした桔梗は、苦しげに汗ばんだ顔を無理に微笑ませる。

皇国軍は改めて、青森校区の全生徒を幼年兵として招集したと後に知らされる。

戦争が再び始まり、統矢にとって終わらぬ戦いが続くのだった。


パンツァー・モータロイドが居並ぶ格納庫内は、激しい轟音と熱気に包まれていた。何十機もの八九式【幻雷】が、出撃可能状態で整備科の生徒たちにチェックを受けている。むせ返るような人いきれとオイルの臭いに、ともすれば居座る冬将軍の寒気も忘れそうなほどだ。

統矢もまた、愛機九七式【氷蓮】の新装備を瑠璃と共に確認していた。

【氷蓮】は今、スキンテープだらけの全身を再び灰色のマントで覆っている。

「なんや、統矢？　あの女のことかいな。……そら、知らんやつおらへんで。有名人やし」

今朝の射撃場でのことを、それとなく統矢は瑠璃に聞いてみたのだ。

だが、瑠璃はなにか面白くないのか、頬を膨らませて口調を早める。

「その、桔梗先輩の御家族って……」

「北海道生まれの北海道育ちは、あんまし本州、内地の話は疎いんやろ？……かつての皇都東京でなにがあったか、知らんわけあらへんやろけどなあ」

「……皇都東京の壊滅……パラレイドとの日本での初めての戦闘」

パラレイドは次元転移を用いて、どこにでもいつでもあらわれる。

日本で最初に襲撃された場所は、通勤ラッシュで賑わう朝の東京……それくらいは統矢でも知っている。Ｇx反応弾の局地的な集中投入によって、皇都もろともパラレイドは撃滅されたが、大量の都民を巻き込んだ無差別攻撃を隠蔽《いんぺい》するために廃都東京は封鎖、新たに京都が遷都《せんと》されたのだった。

「その、当時まさか」

「そやで、そんとき桔梗は東京におったんよ」

瑠璃は手を動かしながらも、なにか不機嫌そうに言葉を続ける。

西暦二〇九二年……今から約六年前、東洋一の大都市をパラレイドが襲った。政治と経済の中枢である皇都東京は、突如として次元転移してきたパラレイドの攻撃を受けたのだ。大勢の市民が密集する中での殺戮劇は、おおよそ戦闘と呼べるものではなかったという。虐殺と、無差別な反撃の応酬。

Ｇx反応弾の残滓《ざんし》が数日で消えた後も、封鎖され禁忌《きんき》の地となったのだ。

「そうか、その時に桔梗先輩は」

「せや、ごっつぅ悲惨やで……今じゃ創始者の娘ゆうても、経営からは遠ざけられてるさかいな。せやけど、せやけどやで？　統矢」

グッと瑠璃は顔を寄せてきた。

そばかすがわずかに目立つ表情は、まじめに作った険《けわ》しさで凝り固まっている。彼女はじっと統矢の目を見て、その奥を覗き込むように迫ってきた。

吐息《といき》を頬で感じて、わずかに統矢は身を仰け反らせる。

「あの女は、桔梗は敵や！」

「て、敵……？」

「そうやで、なんや辰馬に色目使って！ いっつも一緒におるねん！ べたーっとして、感じ悪いやん」

「そ、そうです、か？」

「そうや！ 覚えとき、統矢。お前もそうや、男ゆうもんはなあ……幸が薄そうでおっぱいボイーンな女がみんな好きなんや！」

瑠璃の言葉に、思わず統矢は目の前の上気した顔から視線を少し下げる。

確かに桔梗はスタイルがよかったが、瑠璃も過不足ない起伏がメリハリあって、いわゆる健康的な女子の体つきをしているように思える。

そのことを言うべきかどうか迷って、統矢が考えもせず選んだ言葉が口をついて出た。

「いや、まあ……千雪もそりゃ、いろいろご立派でしたけど」

「なんで？ なんでや、どしてそこで千雪ちゃんの名前が出るん？」

「あ、いや！ 違う、違います！ そりゃ、りんなと比べたらって話で」

「今度はりんなちゃんかいな。統矢、あかん……すごく、あかん感じやよ」

はぁ、と溜息をついてようやく離れた瑠璃は、それでも次の瞬間にはいつもの笑顔になった。ようやく謎の圧力から解放された統矢は、安堵に胸を撫で下ろす。

「せやけど、りんなだかれんふぁだか知らんけどなあ、統矢。あの子、元気になるとええんやけど」

「え、ええ」

「ラスカちゃんちでなんやかや面倒見てくれてなあ。千雪ちゃんも付きっきりやで」

「ですね。だから……俺が守ります。パラレイドから、れんふぁを……みんなを」

統矢がそれだけを強く強く、言い聞かせるように呟く。

不思議と瑠璃は満足したように、統矢の頭へ手を伸べて……汚れた軍手を脱ぐと、素手で髪を撫でてくれた。子ども扱いだと思ったが、不思議と瑠璃の手は熱かった。

妙に意識してしまって、次々と脳裏を多くの少女たちが過《よぎ》る統矢。

顔に出ているのではと思うと、つい違う話題へと逃げ出してしまうのだった。

「そ、それで、佐伯先輩！」

「なんや統矢、水臭いやっちゃのう……あの女は桔梗先輩で、うちは佐伯先輩なん？」

「……瑠璃、先輩。このマントは」

「あ、やっぱやめ！あかんて……やっぱ恥ぃわあ。名前は……ま、まあ、ええか。そいでな、統矢！」

瑠璃はさっそく腕組み胸を張って、フフンと鼻を鳴らす。

以前、ラスカとのパンツァー・ゲイム時に統矢が剥ぎ取った運搬用の保護シートではない。まるでパメラサイズにあつらえた専用のマントで、よく表面を見れば不思議な文様がびっしりと刻まれていた。

これは、瑠璃をはじめとする整備科の生徒たちが作った新装備だという。

「これは対ビーム用クローク、絶対元素Ｇｘによる技術を応用して作ったリアクティブ・アーマーや！」

「これが？」

「せやで、統矢！この表面はフラクタル・フェイズ・シフトによって、一定の熱量を吸収、対消滅することで無効化するんや！パラレイドはわんさかビーム撃ってくるさかい、理論上は有効なはずやで！」

「……理論上、は？あの、実戦テストとかは」

つい、と瑠璃は目を逸らした。

その視線が泳いで逃げる先へと、統矢が周囲を回りこんで覗き込む。

「とにかく、理論上は完璧なんや！」

「一定の熱量って……それ以上のビームを受けると、その」

「うむ、それは、まあ……昔から言うやん？　当たらなければどうということはないんや！　頼むで、統矢。使ってみてぇな……実戦で実績作れば、学校側が予算つけてくれるんよ」

「は、はぁ」

二人が【氷蓮】の前でそんなやりとりをしていた、その時だった。

ひときわ甲高い駆動音と共に、真っ白な影が格納庫の奥から姿をあらわした。

振り向く統矢は、白亜に輝く八九式【幻雷】の、その改型壱号機《かいがたいちごうき》をはじめて目にする。限界まで安全マージンを切り詰めたハイチューン仕様であることが、音を聴いただけでも伝わってくる。四〇ミリカービンにシールドという全校生徒が使う一般仕様とは、装備する兵装も一味違っていた。

通信機能を強化された頭部には複数のアンテナが並び、そのバイザーで覆われたアイセンサーが統矢たちを捉えて光った。同時にコクピットが開かれる。

「よぉ統矢！　そこにいたか。ああ、瑠璃……頼む、ちょっと両脚の感触が硬いんだよな。接地圧も考えて、少しラジカル・シリンダーを調整してくれ」

ヘッドギアはかぶらないのか、手にブラブラさせながら辰馬があらわれた。彼はいつものしまらない笑みで統矢を、次いで瑠璃を見下ろしている。

そして統矢は、先ほどとはまったく別の表情を見せる瑠璃に驚くのだった。

「なんね、辰馬！　あんまし過敏にしたらあかんよ？　スッ転んでも知らんからね！」

「頼むぜ瑠璃。俺の改型壱号機は、言ってみれば戦技教導部の、この学校の旗機だぜ？　あんまみっともない動きしてるとよ、軍の大人たちにもなめられちまう」

「しゃーないなあ、ンもぉ……辰馬がそこまで言うんやったら」

「すまん！　助かるぜ瑠璃！　愛してるぞ！」

「やかましいわ、しらじらしぃ……ほんと、悪い男やでぇ」

それはもうだらしない笑みで、瑠璃はわざとらしい内股の女子走りで去ってゆく。

統矢は純白の改型壱号機を見上げて、その仕様を即座に読み取っていた。壱号機は奇をてらった特化仕様ではない。桔梗の弐号機が遠距離狙撃用、千雪の参号機が零距離格闘専用、そしてラスカの四号機は機動力のためにすべてを捨てた駆逐仕様だ。

だが、目の前の機体は武装もチューニングも高い次元でバランスが取れていた。

右手には四〇ミリカービンではなく、同口径ながらロングバレルのアサルトライフル。銃身の下部にはグレネードランチャーを増設している。左手のシールドは大型のもので、カートリッジ型の炸薬で飛び出すパイルバンカーを内蔵しているようだ。

音を聞けば出力の増強も明らかだし、背部スラスターユニットも別物だ。

これが戦技教導部の部長が駆る、フェンリルと恐れられたチームの旗機なのだ。

さすがの統矢も感嘆に言葉を失い、ただ見上げるしかない。そうして感心していると、不意に背後で声が走った。

「ヘイ！　見ろよ、白いのがいるぜ？　ジャパニーズは白が好きなんだよな」

「ハッ、視認性良好だな。一〇キロメートル先からでも狙撃できる。しかしなんでこう、日本人は兵器に対してセンチメンタルなんだ？」

「知るかよ。ま、ロボットアニメは日本のお家芸だからな。小さい頃に見たろ? 連中にとってはパメラもそういう感覚なのさ」

「ああ、そういうことか。日本のアニメなら山ほど見たぜ。オーライ、そういうことなのか、ハッハッハ」

振り向くとそこには、四、五人ほどの軍人が一緒に改型壱号機を見上げていた。その顔つきは皆、日本人ではない。軍服を着崩してひっかけた姿は、この緊張感に満ちた臨戦態勢の格納庫でも異彩を放っていた。

おそらく、三沢の在日米軍基地からやってきたアメリカ兵だろう。

そして、彼らの一人が統矢の視線に気づいて笑いかけてくる。

「よぉ、日本もハイスクールでパメラを教えてんのか。ステイツと一緒だな、ボーイ?」

「ええ……失礼ですがあなたたちは」

「三沢のベースからさ。日本に来て二週間目でこの騒ぎだ、まだも弘前も観光してないんだぜ? ……青森にゃなにかあるのかな。ねぶたフェスティバルには早いしよ」

まったく気負いというものを感じないし、軽口を叩く姿がかえってふてぶてしくて頼もしい。統矢はベテランの古参兵と思しきパイロットたちのキモの据わり方に敬意を表した。

ともに戦う人類同盟の同胞、古くから日米安保条約で結ばれた同盟国だ。

だが、そんな統矢の思いは次の瞬間踏みにじられる。

「来月にゃ桜も咲くさ、少尉。観光はまだでも、ここにゲイシャガールならたくさんいるぜ? クソッタレなパラレイドをさっさと片付けて、花見と洒落込もうじゃねえか」

屈強な米兵たちが、その声に身を正して振り向き敬礼する。

その先には、上官と思しき男が立っていた。他の面々がかわいくみえてくるほど、頑強たる大柄な男だ。まるで熊のようで、豪快な笑みには野性味が滲んでいる。

だが、統矢が驚いたのはそこではなかった。

「……失礼ですが、りんなさんを……れんふぁさんを放していただけますか？　軍人としての規範となる態度を求めます」

「あ、あのっ！　はっ、放してくださぃ……千雪さぁん、どうしたら」

大男は両手にそれぞれ、右に千雪、左にれんふぁの肩を抱いている。ともすればそのまま持ち上げかついで、持ち帰ってしまいそうなほどに気安い。

そして、いつもの無愛想な無表情を崩さぬ千雪と違って、れんふぁは今にも泣き出しそうだった。

それが統矢には、幼馴染のりんなが困っているようにしか見えない。

「あ、統矢君……すみません、れんふぁさんに少し外の空気をと思いまして。れんふぁさんも、統矢君の学校を見てみたいと乗り気だったのですが」

「ああ、任せろ千雪！……おい、おっさん。その娘から……れんふぁから手を離せ！」

言葉も強く統矢は男の前へと踏み出す。

だが、真上からは面白がるような笑みが降ってくるだけだった。

「ボーイ、この二人のプリティなガールは……お前のコレか？　お前のものか」

男は嫌悪感もあらわな二人をひとときわ自分の身体へ寄せて密着させつつ、統矢に小指を立ててみせる。

だが、挑発とも思える態度と、周囲の米兵からの笑い声が統矢を逆に冷静にさせた。

「人は人だ、ものじゃない。誰もが皆、誰のものでもない！　軍人なら軍人らしく礼節をわきまえたらどうなんだ？　俺は摺木統矢だ……名乗ったぞ」

「なるほど！　いいねぇ……実にクールだ。俺は海兵隊第二パメラ中隊《かいへいたいだいにパメラちゅうたい》指揮官、グレイ・ホースト大尉だ。お互い名乗りを終えたとこで、もう一度クエスチョンだ……やっぱコレか？」

再度小指を立てるグレイの顔には、もうニヤけた表情はなかった。まるで野生の獣にまれたかのように、統矢の身体が硬直する。だが統矢は、そこで圧倒的な覇気に飲み込まれるだけの、ただそれだけで終わるような少年ではなかった。

れんふぁが、りんなと思えた少女が見ているから……そして、千雪も見ててくれるから。

「答える必要を感じません。大尉殿、その二人を放していただけませんか」

「あン？　いやいや、待てよボーイ。……ノーと言ったら？」

「警告はした、あんたにもパイロットの誇りがあるなら……乗機を降りても最低限のマナーくらいあるはずだ。もう一度言うぞ……二人を放せっ！」

「パイロットの誇り……子どもが気安くそんな言葉を使うなよ？　……潰すぞ、ボォォォォイ！」

緊迫の空気が緊迫感を生んで、統矢とグレイの間に見えない空気を圧縮してゆく。

だが、不意に二人のぶつかり合う視線を、妙によく通る声が遮った。

「面白いな、貴様が噂に聞く摺木統矢か！　……この件は私が与ろう」

カツカツとヒールの音を響かせ近づいて来たのは、意外な姿だった。

日本皇国軍、それも海軍の制服に身を包み、凛《りん》とした声で割って入ったのは……見るも小さな女の子だった。

そして、一時間後……真昼の新町商店街は、不気味なほどの静寂に包まれていた。

青森市の中心市街地として、青森駅から真っ直ぐ伸びる県道を包む地元商店街。それも今は、ふだんの活況がなりを潜めていた。

この周囲数キロメートル四方の範囲内にいるのは、統矢たち数名だけ。

そして、見える人影は巨大なパメラ、パンツァー・モータロイドだ。

統矢たち戦技教導部の面々は今、廃墟のように静まり返ったダウンタウンに布陣していた。

『よし、両軍とも配置についたな？　これよりパンツァー・ゲイムを始める』

その声は、統矢たちが搭乗時に装着するヘッドギアのレシーバーから響いてくる。とても落ち着いた口調だが、喋っているのは童女とさえ言える小さな女の子だ。その不釣り合いなギャップに、自然と統矢は通信相手の名前を思い出していた。

「御堂刹那《みどうせつな》特務三佐《とくむさんさ》……。加えて秘匿機関《ひとくきかん》の……ウロボロスだって？」

その名は、御堂刹那。

先ほど喋っていた少女の……少女にしか見えない小さな小さな特務三佐の名前だ。彼女はあらゆる権限に優先する特別執行権を持ち、必要とあらばその力は人類同盟軍の階級や指揮系統を無視できると統矢に語った。

謎の秘匿機関、ウロボロスの名とともに。

ウロボロスというのは、太古に語られる龍の名である。

己の尾を噛み8の字となった、巡る輪廻《りんね》のシンボルとも言われる想像上の存在だ。

統矢には、不思議とその名が気になった。

刹那の声は、続いてレシーバーから耳に流れ込んでくる。

『さて、青森校区戦技教導部……いや、フェンリル。それと、海兵隊第二パメラ中隊の諸君。準備はいいだろうか』

有無を言わさぬ、一方的な声。

少女と形容することすらわれるほどに幼いのに、その口調は硬く冷たかった。

もちろん、今は広域公共周波数でつながった回線の向こうから声があがる。

『ヘイヘイ、三佐のオチビちゃんよぉ』

『なにか？　中隊指揮官は……確か、グレイ・ホースト大尉だったか』

『どうして俺ら海兵隊が、戦争のプロが、幼年兵のションベン臭えガキどもの相手を？』

『なに、もうすぐこの地が巨大クレーターになるかどうかの決戦前だ。友軍内でのゴタゴタを片づけておきたいと思ったまで』

それにしては、パンツァー・ゲイムというのは大げさ過ぎる。確かにグレイと統矢とは先ほど、格納庫でちょっとした揉め事を起こしていた。統矢はグレイに非があると思ったし、千雪はともかくれんふぁは泣きそうな顔をしていた。それを助けるのは統矢にとっては使命とも言える。

否、守るのは……守るべきはりんなだったと統矢は心に結んだ。

りんなのためなら命など惜しくはない。

そしてそれは、永遠に果たされぬ誓いとなって統矢の心に沈んでいる。

だが、それでパンツァー・ゲイムというのは、また別の話だ。

統矢はもちろん、戦技教導部の仲間たちや海兵隊の面々にももっともな疑問へ、答が返ってきた。

『なに、貴様らの揉め事解決など所詮《しょせん》はついでだ。本州は忘れて久しいパラレイドの襲撃で、第二皇都の京都も大慌てでな。無論、国民にも動揺は広がっている』

『……ほんで？』

グレイの不機嫌そうな声を無視するように、刹那は統矢へと呼びかけてきた。

『摺木統矢、この世界で今……もっとも関心を集める娯楽はなんだ？』

その答は今、この場にいる誰もが知っている。

自然と統矢も、口から言葉が自然と零れ出た。

「……パンツァー・ゲイム」

『そうだ、パンツァー・ゲイムだ。地球全土で最終戦争をやってる我々人類の、唯一にして無二の娯楽、それがパンツァー・ゲイム。どうだ？　少しは理解したか？』

にわかには信じがたい話だが、刹那が言うことは間違っていない。

ただ、まだ統矢の中でパンツァー・ゲイムと現状が結びつかなかった。

かつて人類華やかりし時代、世には娯楽があふれていた。誰もが皆、個人で小型の端末を持ち歩いていた。徹底整備されたネットワークが世界をつなぎ、皆が仮想空間《バーチャルリアリティ》に出入りしていたのだ。スポーツや映画といった文化も盛んで、この地球に人類は栄えていたのだ。

――パラレイドが襲撃してくる、その瞬間までは。

今や世界的に文明レベルは後退している。昭和中期程度と言われる日本などまだいい方で、すでに先進国ではなくなってしまった国も少なくない。国そのものがなくなってしまった、国土が消滅した国家は数知れなかった。

そんな時代だからこそ、軍事がすべてという中で生まれた鈍色《にびいろ》の快楽。

軍事訓練を兼ねた狂気のデスゲーム……それがパンツァー・ゲイムだった。

『プロパガンダに利用させてもらうぞ、貴様ら。このパンツァー・ゲイムは、日本全国はもちろん、世界中にテレビ放送される。……もっとも、中継放送局のある地域に限るが』

「それは、つまり……」

『わからんか？　摺木統矢。我々人類同盟軍にはまだ、味方同士でパンツァー・ゲイムをやってる余裕があると見せつけるのだ。それで国民は納得し、熱狂と興奮で恐れを忘れる』

「……狂ってる」

『フン、まだ認識していなかったのか？　摺木統矢……世界などとっくの昔に狂い終えてる。戦争という狂気に魅入られたこの星は、勝利を得るまで踊り狂うしかない。その調《しら》べに乗って貴様も舞い狂え』

滅茶苦茶な話だと思ったが、同時にこれが人類が今おかれた状況なのだと統矢は悟る。そしてそれは、この場に展開させられたパメラの搭乗者には十分過ぎる理由だった。

ならばと意気込む統矢の耳に、最後に刹那は不思議な言葉を吹き込んだ。

『見せてもらうぞ、摺木統矢。貴様の力……ＤＡＳＴＥＲ《ダスター》の力をな』

それだけ言って通信は一方的に切れた。

不可思議な言葉に、回線の向こうでは海兵隊の連中が口々に不満を張り上げる。

同時に、統矢の耳に戦技教導部部長である辰馬の声が飛び込んできた。

『よぉ、長い説教が終わった気分だぜ？　能書《のうが》きたれやがって……なあ？　統矢』

「は、はい。あの、それより……なんですか？　その、ダスターって」

『こっちが聞きたいぜ。心当たりはないのか？　お前、超能力とかあんのかよ。キュピーンてくるか？　突然、そこっ！　とか、当たれぇ！　とか言う痛いやつなのか？』

「まさか、非科学的な」

だが、ふと統矢の脳裏をかすかな光が突き抜けた。

以前から何度もパメラによる戦闘状況、その極限状態で不思議な感覚があったことがある。まるで、一瞬が永遠に引き伸ばされるかのような錯覚……どこまでも鋭敏になってゆく直感が、あらゆる選択肢を身体へと流し込んでくるのだ。

そのこととどう関係してるかは、今はわからない。

『ま、ダスターってなぁ……統矢。意味は、払う者、だ』

「払う者……」

『あと、雑巾《ぞうきん》って意味もあるな。ハハッ！』

「雑巾、ですか」

『ま、集団でのパンツァー・ゲイム、しかも全世界中継だ。せいぜいボロ雑巾みたいにならねぇよう気張れや。……統矢、その九七式【氷蓮】は本当にやれんだな？』

辰馬の声に、統矢は短く「ええ」と言葉を返す。

整備は完璧だし、今あるパーツで最低限の修理も完了している。スキンテープを包帯のように全身へ走らせた姿は、お世辞にも見た目がいいとは言えないが……その無様な外見も今は、瑠璃が装着してくれた対ビーム用クロークに覆われている。パメラにビーム兵器はないが、こちらの損傷度を隠すにはちょうどいい。

そして、統矢の【氷蓮】は相変わらず、例の巨大過ぎる両刃の剣を拝借していた。

「そういや、この剣……接続されてるアレを普通の三〇ミリオートに変えておいて正解だったな」

独りごちて統矢は、手早く乗機の最終チェックを済ませる。

パメラには、人類側には運用できるビーム兵器など存在しない。だが、このマルチプラットフォームウェポンとなっている剣には、ビームによる射撃を可能とする大型拳銃が搭載されていた。

それはすべて、りんなが……れんふぁが乗ってきた謎のパメラの装備品だ。

そのことをぼんやり考えていると、レシーバーの辰馬が不意に声を真剣に作る。

『あ、さて、だ……やるからには勝つ。フェンリルの牙と爪を、ヤンキーたちに教えてやろうぜ？　千雪、お前は突出して楔《くさび》となり、ブチ当たるすべてを叩いて潰せ』

『了解です、兄様』

『桔梗、もう配置できてるな？　決して姿を見せるな、前に出るな。……俺の後ろにいな。援護射撃、任せる』

『心得ました、部長……っ、ふう……大丈夫です、やれます』

『ラスカー、おーい聞いてるのか、ラスカ。お前さん、ふだん通り遊撃《ゆうげき》をよろしくな。脚を使って撹乱《かくらん》、せいぜい引っ掻き回してやれ』

『ハン！　誰に言ってんの？　エースの流儀、教えてあげるわ……アタシとアルレインが』

戦技教導部の面々は、誰もが意気軒昂に声を弾ませている。そしてそれは統矢も同じだ。

『で、ダスター統矢、お前はだな』

「なんですか、やめてくださいよ。そういう呼び方」

『冗談だ、統矢。お前さんと俺で千雪の撃ち漏らしを片付ける。あと、そうだな……全員に言っておく！　極力周囲の被害を出すな、壊すな。避難した連中もいずれ帰ってくるからな。……帰ってこれるようにしてやるのさ、俺らでパラレイドを叩いて』

辰馬の言葉に全員がうなずく気配。

同時に、最後の通信が響く。

『兄様、皆さんも。開始の照明弾と同時に私が突出しますので。……統矢君も、気をつけて』

『あー、それとな。お前ら、まるかいに被害を出したら後で俺がシメる』

『まるかい？　なによそれ』

『兄様のいきつけのラーメン屋さんです、ラスカさん』

『皆さん、そろそろ準備を。ん、んっ……来ます』

その時、真昼の凍えた空に信号弾が上がった。

同時に統矢は、握る操縦桿に内包されたＧｘ感応流素を通じて、闘争心を機体に流し込む。微動に震える【氷蓮】は、アスファルトを蹴りつけ大通りを走り始めた。

同時に、混戦する通信回線を敵味方の声が行き交い乱れ飛ぶ。

『うっし、んじゃまあ……行くぜ野郎ども！』

『アタシ、野郎じゃないしっ！　ほら、行くわよ統矢っ！　脚引っ張んないでよね！』

『よーし、海兵隊第二パメラ中隊の紳士諸君……半分だ。五〇％の力で圧倒しろ』

『了解、隊長ぉ！　ヘッ、パンツァー・ゲイムの本場がステイツだってことを教え、ガッ？』

『ベルナドットーッ！　隊長、ベルナドットがやられた！　狙撃された！』

『……まず、一つ――ッ！』

『やるじゃねえか、学生風情がよおおおっ！　……見つけたぜっ、包帯野郎！　ブッ潰す！』

凍れるフェンリルの牙と爪とが、まだ寒い四月の陽光を拾って輝く。

脅威が迫る北の街を揺るがして、巨人同士の闘争劇が幕を上げるのだった。

北の街の静寂を引き裂き、全高七メートルの巨兵が疾駆する。

絶対元素Ｇｘによる科学技術の発展が生み出した、戦争を演じる鋼の防人《さきもり》……パンツァー・モータロイド。

統矢の駆る九七式【氷蓮】は、身に纏う対ビーム用クロークを靡《なび》かせ大地を揺るがす。

先行する千雪の八九式【幻雷】改型参号機は、爆発的な突出力であっという間に見えなくなっていた。

「さすがだな、千雪……突進力では追いつけないか。やつらは、海兵隊の連中はどう出る？」

落ち着いて深呼吸しつつ、よせばいいのにテレビの電波を音声だけ拾う。コクピットのスピーカーから、熱狂的な盛り上がりの声が溢れかえった。

まるでなにかに追い立てられて逃げる時の悲鳴にも似た叫び。

『USA！ USA！ ジャパニーズなんかに負けるなよ、愛しのクソ海兵隊どもっ！』

『いい機会だ、後輩ども。見ておけ……あれが青森校区の【閃風】だ』

『っていうか、パパあれなーに？ しらないパメラがいるよー？ あれれー？』

『幼年兵諸君！ 我が教え子諸君！ 大和魂《やまとだましい》です！ 我が子と妻の仇のために……真なる決戦の前に、パラレイドの黒幕を、怨敵アメリカの影の政府を――』

『はじまりやがったあ！ ……え？ 日本にセラフ級？ そういう話は……フェイクニュースじゃねえの？ 見ろよ、こんな美味しい対戦カードはないぜ！』

セラフ級パラレイド、ゼラキエルが目覚める合間の、束の間の平和を奪い合うようなパンツァー・ゲイム。相手は百戦錬磨の実戦部隊、アメリカ海兵隊第二中隊だ。その編成は三個小隊、パメラ配備数は十二機である。

だが、統矢が視認するレーダーの光点は六つ。開幕と同時に桔梗の狙撃によって、一機がすでに頭部損傷で撃墜判定となっていたから、合計で五機だ。

どうやら相手は、フェアに同数レベルでの対決を望んでいるらしい。

後方に待機した残りの六機に、動く気配はなかった。

「すぐに後悔するさ……最初から全機全力で展開してれば、ってな！」

統矢の独り言はすぐに現実となった。

真っ直ぐ矢のように吶喊した千雪の【幻雷】改型参号機は、接敵から数秒ですべての光点をレーダー上から消してしまった。

同時に、後方で待機していたすべての機影が戦域へと動き出す。

二手に分かれた敵の本隊を確認して、統矢はアスファルトの上で緊急ターン。ラジカル・シリンダーの伸縮が統矢のイメージ通りに【氷蓮】を躍動させ、交差点を直角に曲がっての急停止と急発進で加速する。

そしてすぐに、見慣れつつある町並みの中に無骨なシルエットが浮かび上がった。

頭上から雄叫びにも似た声が迸る。

『エンゲージッ！包帯野郎だ、一機！もらったぜぇ！』

装甲で肥大化した機影が、両手で保持する巨大なガトリング・ガンをゆっくりと構えた。ガン・ベルトが給弾用のバックパックから伸びてつながっている。アメリカ軍で制式採用されている一般的な量産型パメラ、TYPE—〇七M【ゴブリン】……日本で御巫重工が作るパメラよりも重く、装甲と出力に重点を置いて建造された機体だ。戦場では隊伍《たいご》を組んで方陣《ほうじん》を敷き、携行する高火力の武装を頼みに数での圧倒を基本とする。大口径、六〇ミリの大型ガトリングは、直撃すれば紙屑《かみくず》のように装甲を引き裂いてしまうだろう。

模擬戦用の弱装弾であっても、撃墜判定は免れない。

だが、統矢の思考は別のことへと集中力を注いでリソースを割いていた。

「なんてものを……街に、建物に被害が出るっ！」

操縦桿を握る統矢の意志が、内包されたGx感応流素を通じて機体へと行き渡る。ツイン・アイの片方をスキンテープで覆った【氷蓮】が、隻眼《せきがん》を輝かせて光の尾を引く。

そのまま統矢は、手にする巨大な剣の広刃を眼前へとかざした。

単分子結晶の刀身が、秒間一八〇発の速度で襲い来る弾丸を弾いて歌わせた。

『クソッ、クソッ！　当たれ、当たれ、当たれえええええっ！』

「当てるだけでは……はあ！」

統矢は距離を詰めるほどに加速して、火花を散らす剣を盾に正面で射程を殺す。あっという間にガトリング・ガンの内側へと飛び込んだ【氷蓮】は、両手で天へと大剣を振り上げた。そして、全力で叩き降ろす。

刃を寝かせて峰《みね》での打撃で、コクピットに鈍い打撃音が伝わる。

目の前の【ゴブリン】の、正方形に並んだ四つのメインカメラが光を失う。質量に物を言わせた重撃で、統矢は撃墜判定を勝ち取るや敵を黙らせた。

【ゴブリン】の駆動音は次第に静かになり、曇天《どんてん》を撃っていたガトリング・ガンもゆっくりと黙る。反対に回線の向こうから罵倒が聞こえていたが、統矢は無視して次の敵を探した。罵詈雑言《ばりぞうごん》もやがて、中継放送の歓声にかき消されてゆく。

瞬間、殺気を伴う金切り声が、向こうの通りからビルを飛び越え宙に舞った。

「二機目！　チィ、上を取られたか」

咄嗟《とっさ》に統矢は、瞬時の判断を機体に伝える。

【氷蓮】はマントに気流を巻いてその場で回ると、大地を両足で掴んで先ほどの【ゴブリン】に身を寄せる。そのまま機体を密着させせながら、肥満体にも見える装甲の厚みへと統矢は愛機を隠した。

そして、二機目の【ゴブリン】がアサルトライフルを向けてくる。

四〇ミリが火を噴き、あっという間に一機目の【ゴブリン】が弾着の火花と煙に包まれた。

もちろん、その影に身を隠した統矢の【氷蓮】に被弾はない。

『このガキっ！　俺を盾にしただとっ！』

『ディック、どけっ！　邪魔だ！』

混乱する通信を聴き流しつつ、統矢は間髪入れずに機体を操る。

細身の華奢な【氷蓮】は、すでに停止した【ゴブリン】を蹴り飛ばすや大地へ剣を突き立てる。同時に柄を手放した両の手は、刃の鍔に収納されている二丁のハンドガンを抜き放つ。

完全停止の僚機を押しのけ、二機目の【ゴブリン】がアサルトライフルを構えた。

だが、統矢の方が速い。

三〇ミリオートが交互に火を噴き、灼けた空薬莢が次々と宙へ舞った。

しかし、直撃弾を無数に浴びながらも【ゴブリン】は止まらない。

「三〇ミリじゃ圧力負けする？　やつの装甲を抜けないっ！」

『豆鉄砲ではなあ！　そんな玩具《おもちゃ》じゃ、【ゴブリン】には傷一つつかんぜ、ジャパニィィィズ！』

火力が足りず、撃墜判定が得られない。

全世界のブーイングがさざなみのようにスピーカーから溢れかえった。

そうこうしている間にも、雌雄一対《しゆういっつい》の拳銃は同時に弾切れを告げてきた。そしてもう、目の前にはアサルトライフルを持ち替えた【ゴブリン】が銃床で殴りかかってきている。

やはり、現在の【氷蓮】では装備の火力に問題があった。

だが、それ自体がオーパーツである巨大な剣は、単体でかなりのウェイトをしめている。この両手剣を装備するだけで、キャパシティはほぼギリギリなのだ。御巫重工製のカービンやアサルトライフル等を持てば、機動力と運動性が損なわれる。

結果、射撃に関しては射程も威力もないハンドガンを統矢は選ぶに留まっていた。

それというのも、りんなが……れんふぁが乗ってきた謎のパメラから拝借したこの剣に装備されているからである。本来接続されていた銃は、あのビーム兵器は使うわけにはいかない。

「取り回しが悪いっ！　剣はともかく銃は……元に戻すか？　いや、それもまずい、なっ！」

肉弾戦を仕掛けてきた【ゴブリン】の一撃を、統矢は交差した銃と銃とで受け止める。鈍い衝撃と共に、足元が沈み込む感覚が統矢を襲った。ウェイトで見れば【氷蓮】は、【ゴブリン】よりも軽い。瞬間最大出力ならともかく、トルクでは向こうが上だ。

だが、その時……赤い影が背後から跳びだした。

『なにやってんのよ、統矢っ！　助けてあげるんだから、感謝しなさいよ！』

勝ち気なラスカの声が、深紅の一撃を連れてくる。

その動きは、接敵する相手にも当然だが、統矢にも目で追い切れない。

徹底して関節や駆動系を最適化された軽量級の【幻雷】改型四号機は、あっという間に揉み合う【氷蓮】と【ゴブリン】の背後に回りこんだ。生物のようになめらかなその動きが、ひときわ甲高い駆動音を連れて光を放つ。まるで氷上を滑るように、ラスカは愛機に握らせた大型ナイフを【ゴブリン】の膝関節へと捩じ込んだ。

鼓膜をひっかくような金属音が響いて、【ゴブリン】が崩れ落ちる。

『よしっ！　ほら、統矢！　アタシとアルレインがフォローしてんだから、もっと気張りなさいよ。……やっぱさ、そのオンボロ、調子悪いの？　ねね、大丈夫？』

「ラスカか、助かる。お前、ちょっと気持ち悪いぞ」

『なっ、なによ！ 心配してやってるんでしょ、ひっぱたくわよ！ あーもぉ』

「そっちの方がらしくていい。ありがとう」

『……別に、いいけど。中央突破で千雪がバリバリ敵を喰ってるから、迂回《うかい》した部隊をアタシたちで叩くわよ？ ……来たっ！』

ラスカが真紅《スカーレット》の愛機を翻した、その瞬間に大地が破裂する。

統矢もすぐさま二丁の拳銃を剣へと接続して押し込み、そのまま次の二射目を刃で受け止めた。接近する機影は一つ、だがセンサーが拾う動力音は【ゴブリン】ではない。

そして、ビルの谷間からゆらりと一つ目の巨体が姿をあらわした。

それは、通常のパメラより一回り大きく厳《いか》つい、アメリカ軍の最新鋭機だ。

『やってくれるぜ、学生さんがよ。……こっからは本気だ、相手をしてもらうぜ？ ボォォォォイ！』

その声は確か、先ほど統矢とでやりあった隊長のものだ。名は確か、グレイ・ホースト大尉。海兵隊の荒くれどもを束ねる実戦指揮官だ。

彼の乗る見慣れないパメラは、まるで鬼が哭《な》くような一種独特の駆動音を響かせる。

世界中のギャラリーが、喉を鳴らして押し黙る気配。

装甲越しに感じる圧倒的なプレッシャーに、統矢は自分の肌が粟立《あわだ》つのを感じる。先ほどのように遊び半分で仕掛けてきた連中とはわけが違う……プロの軍人が剥き出しの殺意をぶつけてくる中で、統矢は操縦桿を持つ手が汗を握っているのに気づくのだった。

新町商店街のビル群から、大型のパンツァー・モータロイドが姿をあらわす。マッシブな巨体は、全高七メートル前後という通常規格のより、一回りほど大きい。

統矢は即座に愛機九七式【氷蓮】へアクセスしたが、外観や駆動音に該当はない。

正体不明の新型機としか思えない、アメリカ海兵隊最後の生き残りが銃を構える。隊長機と思しきその紫色の機体は、肩アーマーに二本の白い縦線がマーキングされていた。手に持つショットガンタイプの銃口が、硝煙を燻《くゆ》らして持ち上げられる。

『周囲の被害を気にしてるようだなあ？　ん？　ハッ、ガキの考えそうなこったぜ』

そのダミ声は間違いない、青森校区の格納庫で統矢とやりあった軍人の声だ、確か名は、グレイ・ホースト大尉。

だが、彼の駆る謎の新型機は、手にしたショットガンを地面へと投げ捨てた。

意図がわからず、統矢はかたわらで八九式【幻雷】改型四号機に乗るラスカ・ランシングとともに警戒を強める。数では有利、このパンツァー・ゲイムの勝利はほぼ決まったようなもの……だが、残敵数一となった、その最後の一体から異様な迫力を感じる。

そして統矢のヘッドギアを通じて、回線の向こうのラスカが声を強張らせた。

『嘘……もう海兵隊に配備されてるの？　あれは……マキシア・インダストリアル製、ＴＹＰＥ―一三Ｒ【サイクロプス】！』

「知ってるのか、ラスカ」

『局地戦用に開発された新型よ。ＴＹＰＥ―〇七Ｍ【ゴブリン】より装甲や出力、すべてで上回る高コストの少数生産機。決して他国に輸出供給されず、アメリカ本国でも配備数不明なの』

「つまり、アメリカ軍の切り札、隠し玉ってことか」

ゴクリと喉が鳴る。人類同盟の盟主国たるアメリカでも、一部の部隊にしか配備されていない超レアパメラらしい。

そのことが知れた瞬間、通話に声が割り込んだ。

『統矢君、今……TYPE—一三R【サイクロプス】と言いましたか？』

「あ、ああ。どした、千雪。そっちは」

『すべて片付きました。それより、本当に【サイクロプス】なんですね？』

「そうだとラスカは言ってる……やばい相手なのか？」

『あとで機体のカメラ情報をください。私もまだ見たことがないんです。雑誌にもほとんど載ってませんし……データ採取も可能な限りお願いします』

「……それは、その……戦技教導部としての」

『いえ、私の趣味です！』

それだけ言って、千雪のわずかに上気した声が途切れた。

どうやら、パメラオタクの血が疼《うず》くらしい。

それはそれとして……眼前の【サイクロプス】が強烈なプレッシャーを放つ。確かに、その一つ目鬼の名があらわす通り、首のない頭部に単眼が光っている。まるでその五体は、全身を筋肉で武装したプロレスラーだ。千雪の駆る改型参号機が、標準以上のラジカル・シリンダーを増設した格闘専用機として似てはいるが……フレームレベルで大型化を前提とした設計は、シルエットからして根本的に違う。

頭一つ大きな巨体が、ゆっくり腰を落として身構えた。

どうやらグレイは射撃を捨てての格闘戦、それも無手の取っ組み合いを希望らしい。

その自信に満ちた声が無線から響く。

『学生にしちゃ上出来だ……だなが、パメラ戦をなめてやがる』

「なにっ！」

『まず……中央突破でウチの部下をあらかた喰っちまった空色……ありゃ、ダメだ。射撃武器も持たずに格闘特化、そういうのはいけねえなあ。俺らが本気なら、銃で距離を取ってボックスアウトだ』

海兵隊第二パメラ中隊のほぼ半数が、千雪の改型参号機に潰されてるはずだ。

だが、単身残ったグレイの声は強気の余裕で言葉を続ける。

『そっちの赤いのは装甲を切り詰めて脚を取ったか？　だが、決定力のないやつは怖かねぇ……打ち込んできたら引っ掴んで、カウンターで一撃だ』

『う、うっさいわね！　アタシのアルレインなら、反撃の前にトドメを捩じ込めるんだから！』

『加えて中身はガキで、挑発に乗って熱くなりやすいときてる……カモだな、ハッ！』

『ぐっ……あーもぉ、統矢っ！　アタシにやらせて！　一対一できっちり勝負つけてやるわ』

統矢は繊細な操作で、横から飛び出そうとするラスカを手で制する。

その間にも、グレイの【サイクロプス】は肥大化した前腕をかざして、ふと頭部を覆った。同時に、軽く上げた手の甲で飛来した弾丸が弾ける。金属の金切り声が、【サイクロプス】の厚い装甲の上に煙を巻き上げていた。

『それと、狙撃に特化した支援機がいるようだが……教科書通りの急所狙い、目をつぶってても防げる。殺気丸出しのスナイパーなんざ、いないも同じよ』

「先輩、位置を変えてください！　後退を！　……おそらく、見えてます」

統矢は回線の向こうで、息を呑む気配を拾った。苦しげに唸るような、すすり泣くような息遣いが感じ取れる。もう桔梗には、密閉されたコクピットは限界のようだ。

同時に、【氷蓮】が手にする大剣をアスファルトに突き立て、手を離す。

先ほどからお喋りな大尉殿は、再び乗機にファイティングポーズを取らせた。わずかな全高の差が今は、相手を山のように巨大な存在に見せている。威圧感は圧倒的で、しかし不思議と統矢は闘志が澄み切ってゆくのを感じる。

眼前の【サイクロプス】からは、邪気が感じられなかった。

『白いのは、ちょっと見て音を聴いた感じじゃ一番マシか？　だが、安全マージンを詰めてゆくセッティングはナンセンスだ。そういうのは、本当にただのお遊びなんだよ』

「……なにが言いたい、グレイ大尉」

『格闘特化に機動性重視、そして狙撃専用……おまけに応急処置の半壊機と来てる。日本人てのは本当にロボットアニメの見過ぎだよなあ？　……戦争ナメんじゃねえぞ、ボォォォイ！』

グレイの【サイクロプス】が、ずしりと腰を落として半身に構える。その手は人差し指でクイと手招きをして、露骨に統矢たちを挑発してきた。

統矢は迷わず、機体の対ビーム用クロークを外し「持っててくれ」とラスカに預ける。

そうして素手でスキンテープまみれの包帯姿を晒し、そのまま前へと歩み出た。

統矢には不思議と、同じパメラを操縦するパイロット同士の予感があった。直感を総動員する統矢にとってそれは、すでに確信と同義である。

「じゃあ、聞くがな……グレイ大尉。単機孤立の隊長機が、なに考えてんだ？」

『なぁに、お前たちと同じさ……泣く子も黙る海兵隊はなあ、ボォイ！　ヒーローを夢見たアメコミマニアしかいねえのさ！　正々堂々勝負だ、小僧！　その上で捻り潰してやる』

「面白い……これ以上街には被害は出さないというなら！」

瞬間、統矢は操縦桿を握り締めて押し込み、Ｇｘ感応流素を通じて【氷蓮】を突進させる。それは、グレイの【サイクロプス】が瞬発力を爆発させるのと同時だった。

二機のパメラは、同時に地を蹴るや激突音を北の空に響かせる。

瞬く間に互いの距離を潰し合った両機は、巨大人型兵器での取っ組み合いという愚挙を演じ始めた。

統矢は自然と、伸びてくる手に手で答えて、がっぷり四つに組み合う。

互いの指と指とがすれ違う中で、頭と頭が鋼の衝撃音でぶつかり合った。

『大したもんだぜ、ボォイ！　だがな……アマチュアなんだよっ！　そんな華奢な機体じゃ、まして半壊機じゃ戦争は戦えねえ。子どもなんざ、俺が戦わせねえ！』

「余計なお世話だ、このお節介がっ！　戦う理由がある限り、俺は、俺たちは……っく⁉」

ガクン！と上からのパワーに負けて、【氷蓮】の膝が大きく下がって接地する。片膝を衝いた統矢の【氷蓮】を押し潰すように、グレイの【サイクロプス】が組んだ手と手を押し込んできた。

パワーの差は明白にも思えたし、実質装備されたラジカルシリンダーの数が違う。

パワーもトルクも、【サイクロプス】の方が一回りも二回りも上だ。しかし、それが勝敗を分かつ決定的な差とは統矢は思っていない。もし、そうしたものがすべてなら、そもそも訓練された軍人であるグレイに統矢は勝てないのだ。

だが、この非情の世界では……戦争が常態化した地球では、違う。

絶対元素Ｇｘの科学技術で、軍事産業のみが歪に発展した時代が条理を書き換えていた。

『どうした、ボォイ！　押し返せんか、非力だなあ？　パワーが【サイクロプス】なんだよぉ！　このまま捻り潰してくれるっ！』

「……両腕部ラジカルシリンダー発熱、ダンパー油圧上昇。機体が悲鳴をあげている！　だけどっ、まだ！」

愛機【氷蓮】がフレームごときしんで震える音が聴こえる。パワーの差は歴然で、今にも組んだ手を握り潰されそうだ。ガクガクと不気味な振動で震えるコクピットは、基本的に密閉されていてもオイルの臭いが上がってくる。

その焼けた臭気は、愛機の血が滾《たぎ》って燃える限界点への声なき悲鳴だ。

冷静に状況をチェックしつつ、統矢は信じる。

この機体は、評価試験も途中で北海道ごと消えた、まさしく歴史から消え去ろうとする最新鋭機だ。だが、この場所にずっと最期まで座って、戦い続けた少女がいる。統矢の背を守って、逃げ出さなかった彼女がいたのだ。

「こんなもんじゃないだろ、なあ……りんな。俺も【氷蓮】も、こんなとこでなんて！　終われる、もっ、かあああああっ！」

スキンテープに覆われた片目の【氷蓮】の、そのアイセンサーに光が走る。

同時に、統矢が気迫と意志を流し込む機体が、ガクン！　と震えた。

足元が陥没してアスファルトがめくれ上がる中で、徐々に【氷蓮】の駆動音がヒステリックな金切声を歌ってゆく。そして、パワーにものを言わせて圧してくる【サイクロプス】が、ピタリと止まった。

徐々に潰されそうになっていた【氷蓮】が、不思議な鳴動とともに吼える。

『な、なんだっ！　圧倒している！　のに、これは……』

「大尉、あんた……知らないんだな、パメラのことをなにも」

『なんだとっ！』

「誰でも戦えるように、Ｇx感応流素による操縦系の補佐を実装し、素人の操縦に対応した素人と同じ姿……人型でパメラは造られた。そこにもう、軍人だなんざ、関係ないっ！」

瞬間、【氷蓮】の背に並ぶスラスターが火を吹いた。

周囲に暴風が吹き荒れ北の街が震える。

同時に、耳障りな金属音が響いて、グレイが驚愕に身を引く気配が伝わった。それは、【氷蓮】の手が、【サイクロプス】の手を……一回り大きいマニュピレーターを、逆に力で捻じ伏せ握り潰した音だった。

駆動音を高鳴らせて、徐々に劣勢だった【氷蓮】の機体が持ち上がる。

『な、なんだっ！九七式のスペックには目を通している……ありえんっ！』

「悪いな、大尉……一度死んだコイツは、地獄から蘇った。この俺とともに……カタログスペック通りに直したつもりはない！それにっ、Gx感応流素の恩恵を使えば、俺自身の力が！」

『ば、馬鹿なっ！ありえん……』

「押せよっ、【氷蓮】ッ！」

すでに完全に立ち上がった【氷蓮】の、その全身に配置されたラジカル・シリンダーが唸って輝く。それ自体が縦横無尽に伸縮する人工筋肉であり、絶対元素Gxの産物であるラジカル・シリンダー……その力をカタログスペック以上に引き出す術を、統矢は心得ていた。

あの、地獄の北海道での攻防戦が、多くのことを教えてくれた。

ともに戦った仲間が、大人たちが遺《のこ》してくれたのだ。

Gx感応流素を通じて流し込まれる意志さえも、パメラは力に変えて動くと。

煌々《こうこう》と灯るスラスターを全開に、そのまま【氷蓮】は【サイクロプス】の巨体を押し返す。本来ジャンプや一時的な滞空に使う推力を、デリケートな操作で統矢は押し返す力へと変えた。あっという間に二機は、大通りに轍《わだち》を刻みながら揉み合い転げるように奔る。

もはや【サイクロプス】は、両腕から火花と煙を噴きながら【氷蓮】に押し出されようとしていた。

番狂わせに、中継放送で世界中の言葉が称賛をばらまき高鳴る。

だが、両手を放した統矢の【氷蓮】が、握った拳を振りかぶった、その時だった。

『それまでだ！ 摺木統矢、やめろ。グレイ・ホースト大尉も。パンツァー・ゲイム終了、引き分けとする！ 双方の殲滅失敗、生存を確認……すみやかに撤収、青森校区へ戻るぞ』

それは、刹那の声だ。

耳にキンキンと痛い、子どもの声が統矢の鼓膜に突き刺さる。

『待てぇ、御堂三佐！ 俺はまだ、まだ戦えるっ！』

『グレイ・ホースト大尉。終わりだ……パラレイドが、ゼラキエルが活動を開始した。観測班の報告があった。すぐに戦線を構築、青森は全県で臨戦態勢に入る』

奥歯を噛む音が聞こえてくるようで、唸るグレイの声が統矢の耳にも届いていた。

同時に、統矢の中で心臓がドクン！ と飛び跳ね響く。

文字通り拳を振り上げたまま固まった【氷蓮】の、その鉄拳を振り下ろす相手は別にいる……そしてそれこそが、統矢が倒すべき仇敵《きゅうてき》、パラレイドだ。

始まる本当の決戦を前に、限界を超えた【氷蓮】が大きく震えて一歩後ずさる。その中で統矢は、懸命な操縦で愛機を支えて立たせ、ヘッドギアを脱ぐ。汗に濡れた髪をかきあげ、コクピットを開放させれば……北の風は遠く、決戦の地へと統矢を誘うように吹いていた。

セラフ級パラレイド、ゼラキエル。

すぐさま人類同盟と日本皇国軍は戦線を構築、青森市街地外縁に最終防衛ラインが敷かれた。

謎の幼女軍人、刹那が演出したパンツァー・ゲイムの興奮など、あっという間に霧散してしまった。

そしてその後にやってきたのは、逃れる術のない決戦の刻《とき》。生命と国土を賭けた不可避の闘争だった。

統矢が戻った皇立兵練予備校青森校区の格納庫は、混乱の渦中にあった。

全生徒は幼年兵として、次々と己のパンツァー・モータロイドで出撃してゆく。正規軍に対して練度の低い少年少女は、最前線で盾となり弾除けにされるのだ。

灼けたオイルの臭いと、不協和音を連ねるマシンの駆動音。

その中で、統矢はなぜか……コンクリートの床に正座させられていた。

「……なんでアタシまで一緒なのよ。統矢！　アンタのせいだからね！」

どういうわけか、ラスカ・ランシングも一緒だ。

そして、並んで座る二人の背後では、次々とカーキ色の八九式【幻雷】が出てゆく。その何割かは、確実に戻ってはこない。重々しい足取りを響かせ歩く鋼鉄の巨人は、まるで死への葬列のように外へと出てゆく。

だが、統矢はラスカと一緒に身を縮ませ恐縮しながら膝を折る。

二人の目の前では今、整備用のケイジに立つ九七式【氷蓮】の姿があった。

その腕部に梯子をかけて、一人の少女がぶら下がる鋼鉄の指に触れている。五本の指が備わるパメラの手は、各種兵装を取り扱うマニュピレーターであると同時に、握れば強力な武器にもなる。

だが、設定された限界耐久性を超えれば、破損するのが道理だった。

「えー、右腕部マニュピレーター、第一指の一番二番……全部駄目！　全とっかえ！　続いて第二指、見るまでもなく駄目！　第三第四、そして第五……あかんわ、これもぉ！」

声を張り上げ鬼の形相で振り返るのは、三年生の瑠璃だ。彼女はキュートなポニーテイルを翻して、ふだんなら緩いタレ目も釣り上がっている。梯子から下りてくると、もう【氷蓮】の左腕部は見もしなかった。

見るまでもない、統矢の【氷蓮】は両手のラジカルシリンダーを全損していた。

そのことで瑠璃は、烈火の勢いで怒っているのだ。

「統矢！　えろう壊してくれたなあ？　このクソ忙しい時に」

「す、すみません。その、パンツァー・ゲイムには、勝ち、ました、けど」

「海兵隊がまさか、ＴＹＰＥ―一三Ｒ【サイクロプス】を配備してるなんてなあ……あのバケモノパメラを相手にようやったわあ！……て、言うと思ってるんかい、ドアホ！」

今にも噛みつかん勢いの剣幕で、それも当然だった。

【氷蓮】はグレイ・ホースト大尉の【サイクロプス】とがっぷり四つに組み合った時……その時にも、ほぼすべての指関節は破壊されていたのだ。パワーの差は歴然だったし、事実【氷蓮】のマニピレーターは完璧にイカれていたのだった。

だが、ラジカルシリンダー自体もまた、絶対元素Ｇｘの産物である。それは精神感応物質であるため、人の意志が流入する時……意外な力を発揮することもある。いまだ人類は絶対元素Ｇｘの、その本質や性質を理解せぬまま頼って使う日々を戦っていた。

「ちょっと、瑠璃！　アタシは関係ないでしょ、どうして」

「ラスカ、なんで止めへんかった？　ん？　どー見てもあの一対一、無駄な戦闘やったなあ」

「うっ！　そ、それは」

腕組み胸を反らした瑠璃が、見下すように眼光鋭くラスカを眇《すが》めた。

ラスカは言葉を噛み潰したまま「アンタのせいよ！」と統矢を肘で突いてくる。

統矢は統矢で、あの時はベストな選択とも思えたのだが……こうして後始末の話になると、確かに瑠璃の言う通りにも思えてくる。

だが、少し腑《ふ》に落ちなくてラスカを肘で押し返した。

そうしている二人の前で、仁王立ちの瑠璃は大きく溜息を零した。

「ま、ええわ……統矢、次はないで？　壊すんはええ、戦うんもええやろ。せやけどなあ……無駄に壊したらあかんよ？　無駄に戦ってもあかん、パンツァー・ゲイムかて一歩間違えれば……死んでしまうんやからね」

不意に瑠璃が優しげに声を和らげ、困った甥っ子を見るような表情で苦笑した。

彼女を包む空気がわずかに弛緩して、それで統矢も立ち上がろうとする。

「わ、悪かった、瑠璃先輩。その……でも、無駄じゃないさ。俺の、俺たちの戦いは、無駄じゃない」

「それはこれからや、統矢。パラレイドを押し返して、無駄じゃなかったと証明してな？」

「ああ！　っ、と？　お、おおっ？」

ニコリと笑った瑠璃の目線に、自分の目線が高さで並んだその時だった。グラリとよろけた統矢はその場にへたり込んだ。

ずいぶん長い時間、硬い地面に正座させられていたのだ……脚は痺れて筋肉がゴワゴワと硬直し、まともに立てなかった。それはどうやら、隣のラスカも同じようだ。

だが、血の巡らぬ脚の震えに手をやりつつ、悶絶する統矢に温かさが寄り添う。

そっと触れて柔らかな身を寄せ、躊躇なく肩を貸してくるのは千雪だった。

「大丈夫ですか、統矢君。立てますか？」

「千雪……お前、なんでまた」

「ちょ、ちょっと千雪！　アタシも助けなさいよ！　正座だなんて、どうして日本はこういう懲罰があるのかしら。エレガントじゃないわ！　……イチチ」

じったんばったん転がりもんどり打つラスカを尻目に、統矢は千雪に支えられて立ち上がる。すぐ間近、頬と頬とが触れそうな距離に彼女の横顔があって、ぴたり寄り添う華奢な身はしっかりと統矢に密着していた。

統矢が手を伸べてやると、ラスカは眉根をひそめつつも腕に抱き着いてくる。

そして、並ぶ三人を前に、瑠璃もようやく笑顔を見せてくれた。

「せや、千雪！　【幻雷】改型参号機、どや？　ええやろ、千雪やったら何を殴っても壊れへんよ？　整備科有志一同が徹夜を重ねた傑作やさかいなあ」

「とてもいいです、瑠璃先輩。ただ、少しスタビライザーが強過ぎる気が……安定性はもっと下げていいので、足回りは膝下を柔らかくして下さい。それと、手は……拳は、本当にいい品ですね」

「というわけや、統矢！　面倒やさかい、【氷蓮】の両手も全とっかえやから。あとでやったるわ、千雪の改型参号機と同じ手に……まあ、取り回しは変わらんやろ」

無手による近接格闘戦に特化した千雪のパメラは、その用途の性質上、両手のマニュピレーターは特注品だ。通常より絶対元素Ｇｘの純度が高いラジカルシリンダーで構成され、操る千雪の気迫が満ちれば、文字通り鋼の拳と化す。フェンリルの拳姫と恐れられる、【閃風】の爪であり牙だ。

改めて統矢は、どんどん変わってゆく自分の愛機を見上げる。

相変わらず見栄えの悪い包帯塗れの姿は今、再び対ビーム用クロークを装着されようとしていた。

そのかたわらには、巨大な両刃の大剣が突き立っている。

「ちょっと、瑠璃！　アタシのアルレインもそのパーツにする！　アタシにも頂戴！」

「ええけど……ラスカ、あんなあ。重くなるで？　ラスカの改型四号機も、もうすでに普通の手やないさかい。あれなあ、手の指を細く長くして軽量化、ナイフの取り回しも自由自在やろ？」

「うっ！　重くなるのか……ぐぬぬ、それは、困るわ。でも……うーん」

「脚を使って一撃離脱、ええやないの。ラスカはゲンコツでドツき合うんがええの？」

さすがに黙ってしまったラスカは、考え込みつつ統矢の腕にぶら下がっている。

そんな金髪娘の困り顔を見ていたら、自然と統矢も笑顔になった。そして、すぐ横で肩を貸してくれる千雪の、いつもの凍れる無表情も心なしか柔らかい。

その時、一同を振り返らせる声があった。

「あ、あの……えと、えっと……統矢、さん」

そこには、作業服のツナギを着たりんな……否、更紗れんふぁの姿があった。彼女は統矢の記憶を裏切るようにおどおどと落ち着かなく、目を潤ませつつ駆け寄ってくる。

勝気で強気だったりんなが見せたこともない、不安げで頼りない表情だった。

戸惑う統矢が言葉を選んでは飲み込む、その躊躇を待たずにれんふぁは彼の前で頭を下げた。

「さ、さっきは、ありがとう、ございます。その、……お礼を言いたくて」

「いや、俺は」

「さっきの戦い、見てました。ごめん、なさい。千雪さんとわたしが、うろうろしてたら……アメリカ軍の人に掴まっちゃって。その、なんか、男の人……怖くて」

こうして話していると、どんどん統矢の中でりんなのイメージが過去へと遠ざかる。

やはり、眼前の少女はりんなではない……出自不明の異邦人、りんなと同じ姓を持つ別人なのだ。

れんふぁという、りんなの姿を象《かたど》った別の個人なのだった。

そのことを自分に再確認させられ、より強く刻み込まれることに抵抗感はある。

だが、統矢は徐々に現実を受け入れようとしていた。

そうしなければ、死地より救った記憶喪失のれんふぁに対して、無責任だと思ったから。

「気にするなよ、ええと……れんふぁ。お前、いろいろ手伝おうとしてくれたんだってな」

「う、うん。学校も見たくて……何か、思い出しそうで。でも、駄目でした……ただ、千雪さんが案内してくれて、わかりました。わたしはあのロボット……パメラのこと、いろいろ知ってる、かも」

そう、れんふぁは次元転移であらわれたのだ……トリコロールに塗られた謎のパメラとともに。

そして、それを追うようにセラフ級と呼ばれる災害クラスの最凶個体まで出現した。青森は今、第二の北海道と化して消滅するかもしれないのだ。

「そ、それとね……統矢さん。あの人を……その、許して、あげて？　怖いけど、悪い人じゃ、ないみたい、だから」

れんふぁが首を巡らせる先に、大柄な男が立っていた。まだ寒い四月末の青森の風に、ひっかけたジャンバーの両袖を遊ばせている。格納庫に入ってきた彼は、先ほど統矢と激戦を演じたグレイ大尉だった。

彼は相変わらず厳つい顔で大股に歩いて来る。

自然とれんふぁを庇《かば》うように前へ踏み出した統矢は、まだ痺れてる足に転びそうになった。

だが、千雪がしっかり支えてくれて、どうにか踏みとどまって目の前のグレイを見上げる。

「……続きをしようってのか？　この非常時に。あんたがその気なら」

「勘違いするなよ、ボォイ。……負けは負けで、しかし俺たちがお前たちを、幼年兵をナメてたのも事実だ。子どもが戦場に立つような時代なんざ、暗くて寒くてしょうがねえ」

不意にグレイは、岩のような彫りの深い顔をわずかに綻《ほころ》ばせた。

不器用に笑う男の笑顔に、思わず統矢は驚きを隠せない。

「そっちの二人、お前のガールフレンドたちに非礼を働いた、それを謝る。悪かった」

「……は？　あ、いや！　ガールフレンドって、違……あのなあ大尉！　俺は、ンゴッ？」

なぜか、肩を貸してくれてる千雪が足を踏んづけてきた。涼しい顔で彼女は、靴の踵《かかと》で統矢の足先をグリグリ踏み締める。千雪はどうやら、顔には出さぬ怒りを発散したようだった。

逆に、れんふぁは真っ赤になってしまった。

だが、グレイは言葉を続けつつ頭をボリボリときった。

「連中が、パラレイドが動き出した。アイオーン級他多数も、次元転移してきている。この街は、戦場になるぜ……それでも、お前はパンツァー・ゲイムの中で街並みを守った」

「ここは……この街は、俺の、俺たちの居場所だから」

統矢が真っ直ぐ見詰めて言い放つと、グレイは鼻から呼気を逃がして行ってしまった。だが、その去ってゆく背は、片手を軽く上げて握り拳に親指を立てている。どうやら、彼とは今後はわだかまりなく友軍として戦えそうだ。

統矢は最後に、外で待つ海兵隊の仲間たちに合流するグレイへと、気になることを叫んだ。

「大尉、グレイ大尉！　……あんた、知ってたら教えてくれ。DASTERって、なんだ？」

その言葉に足を止めたグレイは、肩越しに振り返る。

見開かれた目は確かに、あの時の刹那の通話を思い出していた。揺れる瞳の中に統矢は、グレイの驚きと納得の両方を拾っていた。

第五章　暴虐の熾天使を攻略せよ！

セラフ級……パラレイドの中でも天災級の危険な個体を、人類同盟は神話の天使になぞらえた。その力はすさまじく、山脈を空へと吹き飛ばし、星を割って海を蒸発させる。人類を地球ごと消滅させるために、次元転移を用いて降臨する死の福音《ふくいん》……それがセラフ級だ。

大湊基地の艦隊から放たれた戦略支援攻撃のＧｘ反応弾が、辛うじて脚を止めていた。

だが、すべてが無に帰す爆心地の中から、再び災厄は動き出したのだ。

『戦線に次元転移反応多数、アイオーン級とアカモート級、来るぞっ！』

『アイオーン級はともかく、アカモート級は面倒だな……、三個小隊付ける！　右翼より迂回して散開、横っ面を叩け』

『了解！　……で、例の青森の幼年兵たちは？』

『最前線だ、もうじき会敵《エンカウント》する。時間を稼がせてる間に、なすべきことをなせ！　以上だ！』

人類同盟、職業軍人たちの混線する通信が統矢の耳に漏れ込んでくる。広域公共周波数で行き交う言葉は、緊張に満ちて震えていた。

プロの軍人、正規兵でさえ恐ろしいのだ。

愛機九七式【氷蓮】のコクピットで、統矢も昂《たか》ぶる気持ちへ自制を呼び掛ける。

正面のメインモニターが映す山側の遠景は今、空からの無数の光を屹立《きつりつ》させていた。それはすべて、どこからともなく送り込まれてくるパラレイドたちの光だ。青森市街地と山間部の境界に最終防衛ラインを敷いた統矢たちに、敵が迫っている。

「……そうさ、俺たちは幼年兵。使い捨ての囮《おとり》くらいにしか思われてない、か」

独りごちる統矢が唇を噛む。

この時代、長引き過ぎた最終戦争が人類を摩耗《まもう》させ、未来への可能性に対して誰もが盲目になった。本来守るべき女子どもすら戦線に投入され、そのために実用化された兵器がパンツァー・モータロイドである。Ｇｘ感応流素による半自動型の意識と意思で操縦できるパメラ……それを用いて、命は消耗品として使い捨てられる。

今という極寒の世紀、人の命はなによりも軽い。

まして、戦うために集められた幼年兵ならばなおさらだ。

「機体チェック、油圧ＯＫ。電装関係、オールグリーン……Ｇｘ感応流素、完全正常。新規パーツも問題ないな、さすがは瑠璃先輩だ」

統矢は落ち着かない自分をなだめるように、この場所で待機をはじめてから何度目かの最終チェックを行う。統矢の操作と意識を拾って、巨大な剣を側に突き立てた【氷蓮】は、左右の手を開いては握り、なめらかな動きですべての指を曲げては伸ばす。

新しく両手を付け直して、また一つ【氷蓮】は正規の純正部品を失った。

だが、青森校区の整備科有志が研究開発したパーツは、素晴らしかった。統矢の【氷蓮】に装着された両手は、試作された最初のもので、大きさは標準的なパメラのマニュピレーターと変わらない。ただ、内蔵されるラジカルシリンダーは絶対元素Ｇｘの純度が高いものだし、フレームや外装も強度が増している。

ちなみにこれのデータを元に、格闘戦用のとして一回り大きめに作られたのが、千雪の駆る八九式【幻雷】改型参号機のものである。

やることもなくただ待つ中、敵は徐々に近づきつつある。

パラレイドの矢面《やおもて》に真っ先に立たされる統矢は、焦れつつも昂《たかぶ》りを抑えられない。

『こちら第二聯隊、展開終了』

『第三聯隊、ＯＫです』

『目標は現在、市街地に向けて進行中……進軍に明確な指向性があります。この先になにが……？』

『本部でも確認している。当該方向にあるのは……学校？　青森校区だな』

『ですが、なぜ青森校区が？　あそこになにがあるんですか！』

ひっきりなしにヘッドギアのレシーバーは、軍人たちの声を拾っている。

そして統矢は、不思議と彼らの疑問に対する答を一つだけ知っている。それが正解かどうかはわからないが、心当たりといえばそれしかなかった。

セラフ級ゼラキエル他、数万の規模のパラレイドが目指す先……そこには、今の統矢たちの母校、青森校区がある。その中には、ひっそりと隠すようにあの機体があった。以前、次元転移であらわれた謎のパメラ……試作実験機らしき、トリコロールカラーの白いアンノウン。

その中からあらわれたのは、れんふぁ。

統矢の幼馴染、更紗りんなと瓜二《うりふた》つの少女だった。

「なんだ……？　この胸騒ぎは。なぜ、パラレイドはあの機体を？　いや、これは偶然か……それとも」

『よぉ、どうした統矢？　びびってんのか』

聴き慣れた声が耳に飛び込んできた。

すぐ横に機体を並べた、戦技教導部の部長である辰馬だ。彼の白い【幻雷】改型壱号機が、バイザーで覆われた頭部をこちらへ向けてくる。

統矢を含め、戦技教導部の最精鋭たちは最前線、その先頭にいた。

戦果を期待されず、囮や盾として使い捨てられる学友たちを守るため。

一人でも多くの同胞を生き残らせ、立派な一人前の兵士として軍へ送り出すために。

常に先頭に立って戦い、幼年兵たちを守護するのも戦技教導部の役目だった。

『もうすぐ大湊艦隊からの支援攻撃が始まる。ま、税金の無駄遣いだな』

「パラレイドにはミサイルの類は効かない。なら、そうして」

『海軍だって、なにもしないで終われないだろう? 今や制空権はどこにもなく、次元転移がそもそもの戦略をひっくり返しちまった。今じゃ陸軍のパメラが主役で、海軍は偵察や輸送、そして過去の遺物である艦隊からの足止めと牽制』

「それでも、ありがたい時もあるみたいですけど」

パラレイドに対して、超長距離からの誘導兵器による攻撃は意味をなさない。それでも、ミサイルはこの時代、まだまだ現役の兵器だった。その戦術的運用ニッチェは、主に牽制、そして時間稼ぎと足止めだ。

強力なビーム兵器で武装したパラレイドは、たやすくミサイルを迎撃してしまう。

艦隊からの艦砲射撃でのＧｘ反応弾くらいしか、その防空網をすり抜けられない。だが、それは守るべき国土をも焦土とするため用途が限定される。そして、通常弾頭ではパラレイドを破壊するのは難しい。

結局、パメラによる近距離からの射撃戦、格闘戦だけが確実な撃破方法なのだった。

それでも、ようするに「陸軍以外の全部」が統合された形で、海軍は存在し続けていた。

『っと、アメリカさんの海兵隊は……近いな。ずいぶん前面に展開しているぜ。なあ、統矢』

「あの人は……グレイ・ホースト大尉は、そういう人らしいです」

『なるほど、俺らのために一肌脱ごうってのかい。ありがたいねえ……ああいう大人もいるにはいるがな、統矢。戦場は良し悪しを選ばず人を殺す。お前も気をつけな』

「了解です、部長。まあ、俺は……憎まれっ子世にはばかる、のタイプなので」

『違いねぇ』

統矢は辰馬と言葉を交わしていたら、少しだけ気持ちが落ち着いている自分に気づいた。もしかしたら辰馬は、気負ってそわそわする自分を気遣ってくれたのかもしれない。

そして、他の戦技教導部のメンバーはと愛機に首を巡らせる。

カーキ色の【幻雷】が背後に並ぶ中、改型がずらりと勢揃いしていた。

色とりどりの機体の中でも、一角獣のような角に空色の改型参号機はやはり目立つ。増設したラジカルシリンダーで盛り上がった肩や脚が、異様なシルエットを刻んでいた。

だが、乗っているのは千雪……目も覚めるほどに美麗な少女なのだった。

『……？　どうかしましたか？　統矢君』

「いや、なんでも。他の連中はどうかな、って」

『ラスカさんなら機体を……アルレインを磨いてます。コクピットから出て』

「は？　いや、すぐにでも始まるぞ？　なにやってんだ、あいつ」

『身だしなみはジョンブルの嗜《たしな》みだとか。御巫先輩は……寝てますね』

「どういう神経してんだ、桔梗先輩は」

長大なライフルを肩に立てかけたまま、新緑色に塗られた改型弐号機はまったく動かない。耳を澄ませば回線の向こうに、かすかに寝息が聴こえるような気がした。よほどキモが据わっているのか、それとも……眠りに逃げ込むことでパラレイドの恐怖と戦っているのか。

統矢の知る桔梗という女性は、後者だと本能的に思った。

彼女が重度のＰＴＳＤで、本来ならパイロットなどできないのだと言われた話を思い出す。

一方で、隣の改型四号機の、その真っ赤な機体の上に金髪の矮躯《わいく》が立っている。

念入りに愛機を磨くラスカ・ランシングは、統矢の視線に気づいて振り向くや、アカンベーで舌を出した。相変わらずかわいくないが、緊張は感じ取れない。

「俺だけか、ガチガチなのは。……俺が一番実戦経験が多い、北海道で戦ってきたのにな」

『そうぼやくなよ、統矢』

「部長も全然普通ですよね」

『これが全国ベスト四の実力さ。まあ、本土まで本格的にパラレイドが来ちまったんだ。首都東京の消滅以来だな……今年の全国総合競戦演習は、こら中止かもな』

全国総合競戦演習、要するにパメラ甲子園とか呼ばれる夏の祭典だ。もちろん、全国の兵練予備校が参加するパンツァー・ゲイムで、テレビやラジオで大々的に放送される。

青森校区の戦技教導部は、フェンリルの名で恐れられる実力校だったのだ。

だが、すでにそんなことをしている場合ではなくなった……数年前に皇都だった東京を吹き飛ばされて以来、初めて本土が戦場になっているのである。統矢にはそれが、なにか悪夢の始まりのように感じられるのだった。

『そういや統矢、その、大尉のおっさんとはさっきなにを？　格納庫に来てたじゃねえか』

「謝ってましたよ、千雪とれんふぁにちょっかい出したこと」

『おやおや、そいつぁ……なんともまあ、律儀なことで』

「それと……。気になって聞いてみました」

詳しくはグレイも知らなかった。だが、その言葉を何度も耳にしたという。

DUSTER……それはアメリカ軍の間でもまことしやかにかれている。軍隊や戦争につきものの、一種オカルト的なうわさ話である。

いわく、死神の力に取り憑かれた凄腕パイロットである。

いわく、殺しても死なない無敵の兵士である。

いわく……パラレイドと戦うべく、真に進化した人類である。

どれも眉唾もので、語ったグレイ本人も信じてはいないようだった。

『統矢、お前……なんか、残念なやつだったんだな』

「な、なんでですか！　それに、俺じゃなくてグレイ大尉が言ったんですよ！」

『アニメオタク的な話だぜ、それ……選ばれし主人公っていうやつだろ？　あーあ……まあ、千雪もそういうの嫌いじゃないから安心しろ。あの愚妹は、ありゃパメラオタクだからな』

「……なんで千雪の名前が出るんですか、そこで」

そうこうしていると、回線を飛び交う声が慌ただしくなってくる。

どうやら大湊艦隊から支援の攻撃が始まったらしい。

空を見上げれば、雲を引くミサイルが無数に真っ直ぐ飛んでいた。そのどれもが、統矢たちがにらむ先で、パラレイドたちが進軍してくる中へと注がれる。

次の瞬間、空一面に爆発の花が咲いた。

パラレイドは正確無比なビームの射撃で、すべてのミサイルを撃ち落としてゆく。

それでも絶えることなく飛来するミサイルが、次々と爆《は》ぜて轟音を響かせた。

燃え上がる空気にビリビリと機体が振動する中、辰馬の声が響く。

『おーし、今のうちに突っ込むぜ！　後の連中を守るぞ……俺らで突破口を開いて、軍や海兵隊の連中にも仕事させてやる！　行くぜっ!?』

鼓動の高鳴りとともに、地を蹴る五機のパメラが背にスラスターの光を灯す。

加速とともにシートへ押し付けられて埋まる中で、続く一般生徒たちの【幻雷】も進軍を開始した。

絶え間なく注ぐ支援攻撃の下、戦いの火蓋《ひぶた》が切られる。

闘争心を燃え上がらせる中で、統矢は冷静さを見失わずに洞察力をフル回転させる。視界いっぱいに蠢くパラレイド、雑兵のアイオーン級がメインモニタを埋め尽くした。

戦いへと飛び込む統矢の思惟に、ふと一人の幼女が浮かび上がる。

十歳前後にしか見えない、謎の皇国軍特務三佐……御堂刹那。

あの女ならば、なにか知ってるのではという予感が、統矢の脳裏にはっきりと残った。


迫る青森の四月は、春になってもまだ寒い。

身を切るような冷気が忍び寄る、午後四時半……戦いの幕が上がる。

青森市街地郊外の最終防衛ラインに陣取った人類同盟軍、それに加盟し参加する皇国軍の主力パンツァー・モータロイド部隊が進撃を開始したのだ。

それは、退路を持たぬ者たちの必死の抵抗。

その最前線で突撃を命じられるのは、年端《としは》もいかぬ少年少女たち幼年兵だった。

幼年兵たちのさらに前、前衛として先行する五機の機影がある。統矢の乗る九七式【氷蓮】を含む、青森校区の戦技教導部だ。

『部長より各機へ。いーかお前ら、後にゃパッとしねえ全校生徒たちが控えてる。連中は教本通りにしか戦えねえんだ。俺らで突っ込み、適度に地均《じなら》し！　いいな！』

ヘッドギアのレシーバー越しに、戦技教導部の部長である辰馬の声が響く。彼が乗る白い【幻雷】改型壱号機は、統矢が駆る【氷蓮】の隣を飛んでいた。

今、スラスターを全開に吹かして輝かせ、五機のパメラが地面をはうように飛翔する。

もともと飛行能力はないパメラだが、脚部を利用しての跳躍にスラスターの推力を合わせれば、短時間だが滞空、飛行も可能だ。

ビリビリと振動に震えるコクピットで、Ｇｘ感応流素が満たされた操縦桿を統矢は握り締める。それを通じて統矢の意志が、闘志が、そして祈りと願いが機体へと注ぎ込まれる。

『桔梗、お前はケツで援護だ。お前が最後尾……お前より前に一般生徒たちの【幻雷】を出すんじゃねえ。俺らの撃ち漏らしを頼む！』

『了解です、部長。……お気をつけて、辰馬さん』

『統矢！　ラスカと一緒にうちのお姫様を……千雪をフォローしてやってくれ。後は見なくていいぞ、俺がしっかり援護すっからな！』

さすがは戦技教導部の部長だけあって、辰馬の的確な指示が部員たちに行き渡る。

同時に、背後で桔梗の乗る【幻雷】改型弐号機が急減速した。その新緑色の機体は、左右の腰からアンカーを射出して、自身を雪原の大地に縫い止める。完全に狙撃ポジションで機体を安定させると、桔梗は愛機に長大なライフルを構えさせた。

その姿があっという間に、背後へと遠ざかる。

前だけを見詰めて進む統矢の視界は、すぐに蠢く有象無象のパラレイドを視認した。

群れなす人類の天敵、意志も心もない機械の群れが立ちはだかる。レーダーを見るまでもなく、先日交戦した地域から溢れ出たパラレイドが目の前に迫っていた。

「改めて見ると、すごい数だ……アイオーン級がメインだが、わずかにアカモート級もいるか？　だがっ、数を頼みに押し寄せるのは！」

気勢を声にする統矢の視界は、倒すべき敵を捉えて燦々《さんさん》と輝く。

怒りと憎しみが決意に入り交じる、それは暗く輝く黒い炎だ。

彼がにらむメインモニタの中では、アイオーン級と呼ばれるパラレイドの雑兵が多脚で無数にひしめき合っている。その重金属の殺意の中に、ちらほらと一回り大きな個体が長い砲身を向けてきていた。

砲戦に特化し、強力な火力に重点を置いている機体……アカモート級だ。

アカモート級はアイオーン級とは違い、四本の太い脚部で己を安定させている。さながら移動砲台という趣《おもむき》で、その動きは鈍重で機動性と運動性に欠く。しかしその分、高い火力と防御力を有し、主にアイオーン級の援護射撃を行ってきた。

だが、それも統矢は熟知している。

あの北海道での死闘と激戦が、統矢を一人前の戦士にしていた。

戦士であり、狩人……今の統矢は、あらゆるパラレイドを駆逐するパラレイドハンターにも等しい。

そして、その技術と力量を持つ者がもう一人いる。

『兄様は校区のみんなの指揮を。ラスカさん、統矢君をお願いします……私は、征《い》きます！』

その少女の名は、千雪。

日本中の幼年兵がフェンリルの拳姫と賛え、【閃風】と恐れる少女だ。

千雪は自らが駆る空色の【幻雷】改型参号機に、フルスロットルで鞭を入れる。たちまちマッシブな機体は、通常より盛りに盛って増設されたスラスターから光を吐き出した。まさしく、地を馳せる流星のごとき眩さで光の尾を引いて、千雪が突出する。

最新鋭の【氷蓮】でさえ追いつけない、圧倒的な加速力と瞬発力。

あっという間に千雪の機体は、前方に展開するパラレイドの中へと消えていった。そして、衝撃音とともに敵の戦線が崩壊する。わずか一機で飛び込んだ千雪の拳が、正確無比に敵の戦列を吹き飛ばしていた。拳で穿たれ、蹴りで吹き飛ばされ、全身を凶器に振るう技と力にパラレイドが蹴散らされる。

「さすがにやる、千雪っ！あの重い機体に、増えた装甲とラジカルシリンダーを補うだけの推力を載せているのか。あれじゃ、まるで捨て身……自らを砲弾とした特攻だ」

改めて統矢は、千雪の実力に舌を巻く。

ピーキーなチューンとか、一点特化のゲテモノ仕様だとか、そういう次元の話ではない。自らに特化した零距離格闘専用の機体を駆り、敵対するすべてを自らの体術の間合いへと吸い込み巻き込んでゆく。千雪自体が自《おの》ずと、戦場に吹き荒れる巨大な烈風《れっぷう》にして竜巻《たつまき》だった。

にらむ先で蹴散らされるパラレイドの中から、難を逃れた個体がまばらに回避する。

その、最適解を取捨択一するだけの無感情な機動へと統矢は身を浴びせた。

愛機【氷蓮】が手にする巨大な両刃の大剣が、振るわれるたびにパラレイドを両断した。

アイオーン級程度ならば、規格外の単分子結晶である刃が触れるそばから千切って断ち割る。千雪の拳による破壊を免れたすべてを、統矢は冷静に一つ一つ潰した。この地に降り立ったパラレイドは、これを逃さず殲滅する……その気迫が今、見るも無残で不格好な応急処置の【氷蓮】を躍動させた。

「しかし、数が多いっ！千雪、一人で突出し過ぎれば孤立するぞ。千雪っ！聞いてるのか！」

『ちょっと統矢！口より手を動かしなさいよ！……千雪は平気よ、ほっとけば？あの女は【閃風】、触れるすべてを破砕する人間台風なんだから！』

「ラスカ、だが！」

『ほら、さっさと前に！　先に！　進むしかないの、ほらほら！』

サイドから抜きん出た真紅の機体が、統矢を狙って主砲を展開していたアカモート級を打ち砕く。こちらに向いていた大口径ビーム砲ごと、ハリネズミのように武装したアカモート級が火柱になった。ラスカの【幻雷】改型四号機が放った対装甲炸裂刃が、敵に投げられ突き立つなり発火したのだ。

「千雪は……単機突出して平気なのか？」

『あの女のことより、自分の心配しなさいよね！　討ち漏らせば後方の一般生徒たちが戦う羽目になる。幼年兵を盾に戦おうって大人が、正規兵ばかりが喜ぶだけなんだから』

「あ、ああ」

ラスカは極限チューンの軽量機体を踊らせていた。両手に握った単分子結晶の大型ナイフで、次々とパラレイドを無力化させてゆく。それはまるで、見えないなにかとダンスを踊るよう。赤い影が滑る死の闘舞《とうぶ》は、刃を突き立てられたすべてを爆発の光へと変えていた。

統矢も負けじと、巨大な刃を振り回してパラレイドを斬り伏せる。

実際、そこそこ高火力重装甲の砲撃戦用であるアカモート級が混じっても、パラレイドの雑魚が相手なら問題はなかった。有象無象《うぞうむぞう》という形容がぴったりのアイオーン級も、数を頼みに割り込むような攻めを見せてくるが、今の統矢たち戦技教導部に隙はない。ただただ機械的に押し寄せる鉄の壁が、たった五機のパメラを相手に屠られてゆく。

そう、問題はない……真に恐るべきは、一騎当千の巨神だから。

絶対無敵の暴力を振るう、戦略級の脅威こそが真の敵だから。

『おーし、そのまま押せよ……後続、一般生徒たちも戦域に入った。桔梗！』

『大丈夫です、辰馬さん。後方は任せて下さい。わたくしが……誰も死なせません。それより、妹さんが……千雪ちゃんが』

『ああ？　あいつは殺したって死なねえ、死ぬようなタマじゃねえ。……うっ!?』

耳元で雑音のノイズ混じりに行き交う通話が、辰馬の息を飲む気配で静まった。

そして、統矢たちの前に鋼の殺意が舞い降りる。

並みいるパラレイドを蹴散らしていた統矢は、突然空が暗くなるのを感じた。同時に、レーダーやセンサーが上空に巨大な動力反応を捉える。急接近、それは重力に身を任せて頭上から降ってきた。

慌てて回避する統矢は、激しい激震の中で宿敵を認めた。

目の前で今、同じパラレイドであるアイオーン級を踏み締め潰しながら……巨大な影がゆっくりと立ち上がった。舞い上がる土砂と雪の中、夕焼けの光を浴びるは鉄の城。そうとしか形容できないほどに雄々しく神々しい、死の熾天使《セラフ》だった。

『出やがったぜ……セラフ級、ゼラキエル！　各機、無理に攻めるな！　皇国軍の本隊を待って、数でかかれよ！……勝負すんじゃねえぞ、なあ統矢』

辰馬の声は最後に、消え入るような統矢への呼びかけとなって細くなる。

その声を聞くまでもなく、統矢は理解していた。

北海道で死線を超えた心と身体が、セラフ級として個体名を与えられる特別なパラレイドの恐怖を知っていた。そして今、それを感じて身体が強張《こわば》り呼吸が浅くなる。

それは、鋼鉄に宿る純然たる死……この世に地獄を体現する恐怖そのものだ。

常に人類同盟の各国は、多大な犠牲を払ってセラフ級と戦い、ギリギリで撃退する程度しか勝利を得られないのだ。単機で大陸を消し飛ばして海を干上がらせ、空さえもその力で歪めるだろう。それがセラフ級のパラレイドなのだ。

「出たか……先日の戦略攻撃、Ｇｘ反応弾のダメージは？　見る限り、なさそうだな」

独りごちる統矢の声が、知らず知らずに上ずり震える。

目の前に今、そびえ立つ死神が統矢たちを、戦技教導部のパメラを見下ろしていた。唯一千雪の【幻雷】改型参号機だけが、突出し過ぎたゆえにはるか前方で振り返る。

触れるすべてを砕いて潰す千雪でも、さすがにセラフ級となれば話は別だ。

そしてそれは、北海道での敗北と幼馴染の死別を経験した統矢も同じである。

「……本隊を待つ？　俺らを……学生の幼年兵は弾除けぐらいにしか思ってない、正規軍を？　そういう話は聞けない……聞けるものかよっ！」

吼える統矢に呼応するように、【氷蓮】の全身でラジカルシリンダーが金切り声を歌う。

警戒心もあらわに、ゼラキエルの周囲には無数のパラレイドが集まり出した。アカモート級は距離を取りつつ支援砲撃の体勢を見せ、アイオーン級は戦線の前面に並んで自ら壁となる。

その奥から、瞳を不気味に輝かせて……ゼラキエルがズシリと一歩を歩み出した。

「千雪！　奴の背後を叩け！　俺は……正面からブチ当たる！」

『統矢君？　無茶です、それは作戦とは呼べません。むしろ、本隊を待って合流するなら、私の方で囮に』

「やっと、やらせろ……俺が！　やっと戦うっ！　あいつだけは、ゼラキエル……やつだけは！」

統矢の中の憎しみが、黒い輝きと共に爆ぜて沸騰した。

それは、予想外の方向から援護射撃が降り注ぐのと同時だった。セラフ級のゼラキエルを中心に布陣し、さらに増える気配を見せていたパラレイドの一角に爆炎があがる。それは敵にとっても不意打ちだったように、統矢にとっても突然の出来事だった。

そして、レシーバーの唸るようなノイズの向こうから、意外な声が響く。

『吼えるじゃねえか、ボォイ！　こちらはアメリカ軍海兵隊だ。援護行動に入る！』

「っ？　グレイ・ホースト！　大尉なのかっ？」

『雑魚は俺らに任せな、ボォイ。ま、せいぜい気張るんだな……セラフ級相手に、坊っちゃん嬢ちゃんで戦えたらおなぐさみ、ってな！』

「……礼は言わない」

『背中は任せな、お前ら……その尖ったパメラが有用ってんなら、やってみろや。なに、骨は拾ってやる。ぼやぼやしてっと、俺らで獲物はかっさらうぜえ？』

重装甲で肥大化したパメラの一隊が、横合いから突出して戦線へと制圧射撃を繰り出す。両手で保持する巨大なガトリングガンを撃ちまくるＴＹＰＥ―〇七Ｍ【ゴブリン】と、それを指揮するグレイのＴＹＰＥ―一三Ｒ【サイクロプス】だ。

突然の援護に背を押され、弾かれるように統矢は愛機を押し出す。

アメリカ軍海兵隊の注ぐ火線の先、待ち受けるゼラキエルへと統矢は吸い込まれていった。


眼前にそびえる、鋼鉄の人型要塞。

全高十八メートルの高さから見下ろしてくる眼光が、妖しい光をたたえて周囲を見渡した。真っ黒に輝くそのボディは、胸に配置された巨大な熱線放射用のパネルだけが赤い。そこから繰り出される一撃は、あの北海道を消し飛ばした獄炎の裁きだ。

まさしく、神か悪魔か……セラフ級パラレイド、ゼラキエル。

両手で大剣を構える九七式【氷蓮】のコクピットで、冷たい戦慄《せんりつ》に統矢は凍えた。

同時に、身の内からられるような熱を感じて、憎悪の暗い炎に心が震える。

「出たな、セラフ級……お前は、倒す！　今日、ここで！」

ヘッドギアのレシーバーを行き交う声は、混線の中で的確な情報だけを統矢の脳裏に残してゆく。

どうやら皇国軍の本隊も、すでに戦場でそれぞれ会敵《エンゲージ》、戦闘を始めたようだ。

同時に、統矢たち幼年兵の生徒も、最前線で戦っている。

アメリカ海兵隊のグレイ大尉たちが援護してくれているが、学生たちは戦火のまっただ中へと放り込まれたのだ。幼年兵の命は、パンツァー・モータロイドの一番安価で代用がきく部品だ。無限にスペアの存在する、正規軍の弾除け……体のいい壁、盾、そして使い捨ての囮だ。

だが、その一人一人が統矢と同じ少年少女で、その中の一部は統矢と親しい級友なのだ。

「これ以上はやらせない……もう、誰も死なせない！　少しでも多く、一人でも多く……そのために、叩いて潰す！　行けよ、【氷蓮】ッ！」

再び戦闘機動でフルスロットルを叩き込まれ、統矢を乗せた【氷蓮】が走り出す。大地を踏み締め、全高七メートルの包帯姿は疾駆した。全身で稼働するラジカルシリンダーがノイズを歌って、関節部が灼ける熱がコクピットまでオイルの臭いを運んでくる。

千機近くのパメラと無数のパラレイドがひしめく戦場は、激震に揺れていた。

ゆらぐ大地を踏み抜き、統矢は真っ直ぐゼラキエルへと馳せる。

【氷蓮】は身に纏うビーム用クロークをたなびかせて疾風になる。

周囲を満たす轟音は、重金属の駆動音と衝撃音に爆発が入り混じっていた。

そして、吶喊する統矢の左右に声が並ぶ。

『統矢！　アンタ、突っ込みすぎ！　……アタシも混ぜなさいよ、いい？　パラレイドに恨みがあんの、アンタだけじゃないんだから！』

真紅の機体で統矢を追い越すのは、一年生のラスカ・ランシングだ。極限まで出力を上げて装甲を軽量化した、ネイキッドなボディの八九式【幻雷】改型四号機が抜きん出る。同じ戦技教導部の仲間が駆る改型と違って、彼女の機体は最速の加速力を持つ。その上、重い改型参号機とは違って爆発的な機動力と運動性を持っているのだ。

さらに、逆側の左に白い影が並んで統矢の死角をフォローし始めた。

『後の連中には俺が目を光らせてっからな、統矢！　お前の背中は俺が、そして桔梗が守る。振り向かずに突っ込め、あいつを……パラレイドをブッ潰せ！』

戦技教導部部長、辰馬だ。彼は隊長機とも言える改型壱号機の中から、統矢へ『正規軍や海兵隊の援護をうまく活用しろよ！』と呼びかけてくる。ハイチューン仕様ですでに常識を凌駕するパワーを得た、戦場にたった四機の【幻雷】改型……そのフラッグシップ機は今、フィールドのすべてに気を配って目を光らせる。

頼もしい仲間たちに、気づけば統矢は無条件の信頼を預けていた。

——そう、仲間。

すべてを失い独りで青森に来た統矢が、亡くしたすべてに代わって得たもの……それは仲間。

仲間は統矢の戦う力であると同時に、戦う理由になりつつあった。

「前回の戦闘でゼラキエルの手の内は見えてる……このまま！」

周囲ではアイオーン級が次々と火柱に変わり、アカモート級が蜂の巣になってその場で崩れ落ちる。

同時に、背後でも無数に火柱があがって、悲鳴と絶叫が耳へと飛び込んできた。

『やった、やったぞ……一機撃墜、やった！　次は……ああ、ガァ――？』

『う、嘘だろ……兄貴が！　猪熊薫が！　あの人が……し、死んだ？』

『クソッ、死ね！　死ねよ、死んじまえ！　この国から、日本から……世界からいなくなれ！』

『う、ああ……俺は、死ぬ、のか……嫌だ、そんな、うう……かあ、さん』

『ヒャハハ！　撃てば当たるぜ、クソッタレめ！　家族の仇……死ねやあああああ！』

『前進！　前進せよ、進め！　突っ込め、突撃だ！　幼年兵どもを盾にしつつ……突撃あるのみ！』

この世に地獄があるとすれば、それは今、この場所だ。

散りゆく命を燃やして、統矢の周囲に爆発の徒花《あだばな》が咲き誇る。その中を今、操縦桿を握って統矢はゼラキエルへと突き進む。

征く先々、死ばかり。

死だけが広がる中で、死に背を押されて統矢は突き進む。

人の顔を模した悪魔のようなゼラキエルの眼に、光が走ったのはそんな時だった。同時に、レシーバーの中で辰馬の声がひときわ強く叫ばれる。

『野郎っ、なにかしかけてくるぞ！　回避！』

左右からラスカと辰馬の機体が離れてゆく。

同時に、統矢はあらゆる事態を想定して身構えた。

目からは強力な高出力ビームを放ち、両腕の鉄拳は個々に誘導性のある有質量兵器として射出……文字通り、重さだけでこちらを潰しにかかってくる。そして、胸から必殺の烈火が迸《ほとばし》る時、この北の大地は巨大なクレーターと化すのだ。最悪、北海道のように地図から消えてしまう。

だが、統矢たちを襲ったのは……戦場を包んだのは、そのどれでもなかった。

「なにっ？　なんだ、センサーが。気圧変動？　これは――」

不意に、ゼラキエルの口に当たる部分から烈風が吹き荒れた。縦にスリットの入ったその奥から、周囲の空気をかき乱すさせる激流が放たれる。目に見えない嵐が、戦場そのものを包み込んだ。それは同じパラレイドのアイオーン級やアカモート級をも巻き込んでゆく。

気象兵器……セラフ級のパラレイドは、戦場そのものの空間すら武器にしてしまう。

突風が叩き付ける中で、統矢たちのパメラは突進が鈍るのを感じて立ち止まる。

それ以上は、前には進めなかった。

旋風があちこちで逆巻く渦と化した中、戦闘が止まった。

『隊長、進軍不能！　繰り返す、進軍不能！』

『こちらで活路を切り開く！　四機来い！　……少尉、隊を任せる。こういう時、真っ先に動かなきゃならんのが上官の辛いとこだな。あとは頼むぞ』

『隊長っ！　クソッ、援護だ！　隊長を見殺しにするな！』

背後でスラスターの光が瞬いた。

竦んで動かなくなる味方機の中から、皇国軍の九四式【星炎】が数機飛び上がる。ゆらゆらと豪風に煽られながらも、彼らは勇敢に上空へと昇った。

愛機がセンサーを通じてモニターに映す情報を読み取り、統矢の思考が研ぎ澄まされる。

確かに、この突然の暴風は、一定の高さより上には及んでいない。広さは圧倒的でも、高さは限定されたもの……ゼラキエルの頭部、口から発せられるので、そこより上には及んでいないのだ。

だが、それが死角を意味するものではないと、すぐに統矢は気づく。

「馬鹿野郎っ、空に！」

咄嗟《とっさ》に統矢も、機体の推力を爆発させる。最新鋭ゆえに増設され、最適化されたスラスターが唸りを上げた。吹き荒れる風の中、揺れながらも光の尾を引いて【氷蓮】が飛ぶ。

そして、暴風圏を真上に突き抜けた者を……裁きの光が待ち受けていた。

ゼラキエルは戦場を嵐で縛って沈めつつ、その瞳から光を発したのだ。

苛烈なビームの閃光が、真っ直ぐ照射される。永遠に続くかに思われた一瞬の光条が、空中で五つの爆発を連鎖させた。先に舞い上がった皇国軍の【星炎】が次々と爆散し、さらには遠くの市街地に火柱が上がる。

余波を浴びた統矢の【氷蓮】の、その身を包む対ビーム用クロークが瞬時に蒸発した。

包帯まみれの死に損ないにも似た機体があらわになり、ありあわせの装甲と補強材をつなぎ止めた応急処置用のスキンテープが発火する。真っ赤なアラートの光に包まれながらも、統矢は身を声に叫んだ。

「こんなとこで……死ねるかああああっ！」

絶叫、咆哮……そして、時間が一瞬の刹那を無限に刻んで並べ始める。

統矢の体感するすべてが、スローモーションで意識を広げてゆく。加熱する理性がとめどなく拡張し、燃える感情が爆発して全神経を躍動させた。

そして、統矢は見る……前面百八十度の世界を支配するゼラキエルの、その背後に飛び込む光。

それは、地上を真っ直ぐに走る彗星のように、フルパワーでぶつかっていった。

『統矢君はやらせません……ラジカルシリンダー、フルパワー。……そこです！』

独特な甲高い駆動音は、まるですすり泣く戦場の戦乙女《ワルキューレ》。死せる勇者を神々に捧げる歌のように、幾重《いくえ》にも重なるメカニカルノイズが響き渡った。

それは、千雪の乗る【幻雷】改型参号機の、独特の駆動音の叫びだ。

千雪は愛機に振りかぶらせた右の拳を、迷わずゼラキエルの膝裏へと叩き付ける。そして、一撃にゼラキエルが揺れて攻撃をやめた中……フェンリルの拳姫は【閃風】の名のごとく荒れ狂った。

そして、その瞬間を統矢は見逃さない。

『今です、統矢君！　合わせます！』

「合わせる!?重ねるのか！　だったら――」

千雪は強烈な正拳突きをお見舞いしたゼラキエルの脚部へと、力の限りに乱打を浴びせる。蹴り抜き膝を叩き付け、最後に両肘に生えるＧｘ超鋼のブレードで斬撃を浴びせた。

そして、千雪の【幻雷】改型参号機もまた、拳を突き上げ空へと飛び上がる。

空中でわずかな時間だけ浮かぶ統矢と千雪を見上げて、ゼラキエルが両の拳を突き出した。

唸る鉄拳が肘から火を噴き、打ち出される。

だが、もう統矢は回避しない……真っ直ぐ攻撃だけに集中して、飛び込む。

迷う素振りも見せずに、千雪が続く。

二人はゼラキエルへ向けて、全力全開のフルパワーで落下した。統矢の【氷蓮】はすでに、機体を包むスキンテープがすべて発火して燃え上がり、さながら燃え盛る炎そのもの。次々と装甲が脱落してゆく中で、自らをばら撒き流星のように落ちてゆく。

『この瞬間を待っていました。……撃ち抜きます！　耐えて、私！　私の身体！　……ハァ、ハァ……まだ、私でも、私なんかでも戦える！』

背後から光が走って、打ち出されたゼラキエルの拳に火花が散る。一つ、また一つと弾丸が撃ち込まれる。最後尾で援護射撃をする、桔梗の狙撃だ。破壊できないまでも、統矢と千雪を狙っていた拳の一つが、軌道を逸らされて背後へ飛んでゆく。

飛び交う拳はそれ自体が誘導性を持つ追尾兵器だが……初速から圧倒的なスピードで迫る反面、一度外せばターンして再攻撃までに時間はかかる。そして、もうあの右拳は戻ってはこない。それが統矢にはわかった。そして左拳が迫る中で勝利を確信する。

『任せて、統矢！　千雪っ！　ブリテンの痛みを、思いっ、知れえええええっ！　パパとママと、アタシの恨みっ！』

なんと、跳躍するラスカの紅い機体は……高速で上昇する鉄拳の上に飛び乗った。ラスカの機体でしかできない、神業にも似た極限機動。そのマニューバの中で、ラスカは左右の手に握った大型ナイフを突き立てる。単分子結晶が火花を散らして、空飛ぶ前腕部を撃墜する。

その時にはもう、辰馬の【幻雷】改型壱号機が本体を射撃で釘付けにしていた。

そして辰馬は、左腕の大型シールドに内蔵されたパイルバンカーで、文字通りゼラキエルの足を撃ち抜きその場に縫い付ける。

『やれ、統矢！　千雪っ！　……フェンリルの爪と牙で、敵を引き裂き噛み砕け！』

言葉にならない声が、統矢の口から叫びとなって迸る。

それは、わずかに身じろぐ素振りを見せたゼラキエルの胸が光ると同時。

世界をすり潰す嘆きの業火が、この地のすべてを灰燼《かいじん》に帰すべく放たれようとした。

だが——

「それを……待っていたっ！　最大にして最強の攻撃、その瞬間に！」

『持てるすべてをぶつけます！　いかな最強のパラレイドといえど……攻撃の瞬間を狙えば！』

統矢の声に千雪の叫びが重なる。

Ｇx感応流素で二人の意志を吸い上げた巨人のアダムとイブが、最大の武器を死の熾天使へ叩き付けた。それは神の意志にさえ逆らい、滅び行く楽園を出て明日を探す……絶望の未来へ抗う魂の一撃。

迷わず統矢は、巨大な単分子結晶の大剣を押し出し、ゼラキエルの胸へと突き刺す。今にも熱線を放たんとしていたゼラキエルの、その胴体に深々と刃が突き立った。燃え盛る炎そのものとなって火だるまのまま、【氷蓮】が離脱。

ゼラキエルを飛び越える統矢は身構える……千雪を、待つ。

千雪は腰まで引き絞った拳を、真っ直ぐ……ゼラキエルを穿つ大剣へ叩き付けて押し込んだ。

衝撃音が突き抜け、巨大な刃がゼラキエルの胴を貫通した。

その先に――すでにもう、統矢は待ち受けていた。

「終わりだ、パラレイド！　りんなの痛み、北海道の痛み……この星の痛みっ！　俺と一緒に、思いっ、知れええええっ！」

首だけで振り向くゼラキエルの、その脳天へと統矢は復讐の手をかざす。

千雪の一撃でゼラキエルを貫通した大剣を、その勢いを殺さずキャッチするなり……統矢の【氷蓮】は縦に大上段からの斬撃を叩き付けた。

真っ二つになったゼラキエルが、内側から膨れ上がって爆発する。

その光に吸い込まれながら、統矢は消えゆく意識の中に懐かしい声を聞いた。それは、すでにもう会えない幼馴染、りんなの別れの言葉に聞こえた気がした。

たゆたう意識が重さを忘れる。

統矢は今、緊張感から解き放たれた反動で無意識の世界を漂っていた。セラフ級パラレイド、ゼラキエルは完全に破壊した……そのことはわかるが、忘れていることすら思い出せないような錯覚を感じる。

上も下もない空間に浮かぶ統矢は、懐かしい声を聞いた。

『……統矢。ねえ、統矢』

空気を震わすことなく、直接統矢の中に響く、声。

光の中で目を開けば、統矢の前に見慣れた少女が浮かび上がっていた。

「りんな？　更紗、りんな」

『お疲れ、統矢。……仇、討ってくれたんだよね？　北海道の、みんなの……わたしの』

「……ああ」

眩しく輝く更紗りんなの姿は、眩しくてもう直視もできない。見えず触れられない場所へと行ってしまった彼女を、統矢は否が応でも意識してしまう。

だが、不思議と彼女が笑顔なのが伝わった。

りんなはいつもの親しげな口調で、そっと手を伸べてくる。

『……統矢さ、無茶し過ぎ。馬鹿やり過ぎだぞ？』

「無理はしてないさ。どんな馬鹿げたやり方でも、俺は……俺は」

『あと、気負い過ぎ。もー、あんたって子は』

「姉貴ぶるなよ、ったく」

そっと統矢の頬に、りんなは触れてきた。

その温もりがもう、現実と夢の狭間にしか残されていないと知って、不思議と統矢の視界が滲んでゆがむ。気づけばとめどなく涙がれて、統矢は泣き出した自分を止められなくなった。

「なあ、りんな……俺、やったよ。そして、これからも……やってやる、やり通す。……すべてのパラレイドを駆逐する」

『あーもぉ、こらこら。泣くなってば、あんたねえ……そゆの、もうやめなよ？』

「やめない。やめて、やらない。俺は、俺が」

『なら、さ。約束してよ、統矢』

りんなの手が、細い指が統矢の涙をそっと拭った。

そして、静かに柔らかな温もりが離れてゆく。

慌てて統矢は、光を弱めて消えゆくかのような、目の前のりんなへ手を伸ばした。

だが、なにも掴むことなく光が指の隙間から逃げてゆく。

『約束だぞ、統矢っ！……もう、死んだ人のために戦うの、やめなよ。戦うなら……生きてる人のために、この星のために戦って。統矢の力、さ……みんな、待ってる。統矢の力はみんなを助けることができるんだから』

「りんな……でも、俺はっ！俺は、本当は！」

『未来へ、抗《あらが》って……統矢。明日への絶望を撃ち抜いて。それを可能にするのはDUSTERの力じゃない、人類みんなの……その中の一人、あんたの意志の力なんだよ』

――DUSTERの力。

そう確かにりんなは、言った。

最後にそれだけ言い残して、徐々に消えゆく光となって天へと昇る。

見上げる統矢は、意識が肉体へと戻るのを感じた。見上げるりんなはもう見えなく、その輝きは消えて……統矢は自分が落ちてゆくような感覚に凍える。

あっという間に視界はフェードアウトして、肉体の感触が戻ってきた。

「……りんな、俺、は……りんな」

薄っすらと見開いた視界に、一人の少女が立っていた。端正な無表情で、じっと見下ろしてくる長い黒髪の少女だ。

それが、擱座した九七式【氷蓮】のコクピットをのぞく千雪と、ようやく理解した。

千雪はそっと手を伸べ、操縦席へ統矢を拘束するハーネスを外す。

すでに【氷蓮】のコクピットに光はなく、千雪を囲むハッチの輪郭だけが明るい。

「お前は、千雪……」

「お疲れ様です、統矢君。立てますか？」

「あ、ああ。俺は……どうして」

「セラフ級パラレイド、ゼラキエルを撃破後に統矢君は意識を失ったのです。この子は、【氷蓮】は私たちで青森校区へ運び込みました」

統矢は、震える手でゆっくりとヘッドギアを脱ぐ。

あの日、この機体のこの場所で……この狭く固いシートの上で、りんなは成れの果てになっていた。

切りそろえたショートボブが小気味よい、快活で闊達《かったつ》な少女だった。美少女と言ってもいい……なにかとうるさく統矢に構って年長者面する、お節介のお人好し。

更紗りんなは、あの日ここで死んだ。

一瞬で、永遠に。

その場所で今、統矢は生きている。

【氷蓮】は、北海道消滅後に下北半島へ漂着した時と同じく大破していたが……統矢は生きている。目の前の少女は死神でも天使でもない、戦友の千雪だ。

「統矢君？……どこか痛むのですか？」

「いや、大丈夫だ。俺は平気だ、と、思う」

「そうですか」

千雪は当然のように、手を伸べてきた。

不思議と統矢も、それが当たり前であるかのように、その手を握った。

温かく柔らかな手は小さくて、引っ張り上げる力は意外に頼もしさが感じられる。千雪の手で統矢は、汗とオイルの匂いが満ちたコクピットから抜け出た。

そこには、多くの視線が統矢を待っていた。

歓呼の声があがって、喝采の中に統矢は突然放り込まれた。

「摺木統矢！お前っ、やってくれたな！」

「信じられねえぜ、どうやったらあんな動きができんだ？」

「転校生と在校生の連中に乾杯だ！」

千雪に手を引かれて、統矢は格納庫の硬い床に降りる。

周囲は人混みで、それが津波となって統矢に押し寄せた。次々と笑顔が取り巻いて、押すな押すなの大騒ぎへとなってゆく。

その渦中で統矢は、不思議と握ってくる千雪の手を握り返していた。

そして見渡せば、見知った顔もチラホラと見かけることができた。

「統矢！やったな、俺、俺……うおおっ！チューしてやりたいぜっ！統矢、好きだーっ！」

「げっ！　は、離せ、気持ち悪い……おい、なにを泣いてるんだよ。みんなも」

人波を掻き分け、誠司たちクラスメートがやってきた。彼ら彼女らは、統矢を見るなり目をうるませる。女子などは感極まって、互いに抱き合いながら泣き出していた。

誠司は最初こそおどけて唇をすぼめていたが、今は鼻の下を指でこすっている。

誰もが皆、戦場を経験して戦士になったのだ。

戦士となることでしか生き残れぬ死地から、生還したのだ。

「誠司、他のみんなは？　うちのクラスは……」

「今、人類同盟の主力部隊が戦場を掃討中だ。それが終わったら、行方不明者の捜索も始まると思う。現時点での幼年兵の損耗率、十四％。これは、極めて低い数字さ」

「十四％……それだけの数の、命が」

「俺たちは、消耗品として最前線に投入される。誰が言ったか、パンツァー・モータロイドの一番安い部品だ。……でも、お前の、お前たちのお陰で生き残ったやつもいるさ」

「……ああ」

誠司の言葉は重かった。

そして、それがこれからも続くことを誰もが知って口にしない。

この青森で人類同盟は、一局面での戦術的な勝利を得たに過ぎない。大局を見ての戦略、その上からさらに俯瞰《ふかん》する大戦略の観点から言えば、地球のすべてはゆるやかに完全敗北へと転げ落ちているのだ。

それでも、今日の勝利を統矢は大事な一歩だと胸に刻む。

そして、これからも負けないと誓う。

すべてのパラレイドを殲滅し、あいつのような存在を……りんなのような犠牲を増やさないために。手ですくって零れ落ちる命を、零しながらも拾い続けるのだ。繰り返しすくう手を血で染めながら。

「それにしても、統矢……おい、これ。さすがにもう無理じゃねえか？」

「ん、ああ……そう、かもな」

誠司の言葉に、統矢は愛機を振り返る。

擱座して友軍機に運ばれてきた【氷蓮】は、完全に大破と言ってもいいレベルで損傷していた。すでにもう、大半の装甲が滑落している。補強材と一緒に少ない装甲を縫い止めていた応急処置用のスキンテープも、綺麗に燃え落ちていた。フレームは剥き出しで、ラジカルシリンダーは各所で破裂している。

自然と統矢は、あの海岸での出来事を思い出していた。

北海道が消えたあの日も、この機体はこうしてボロボロで統矢を見下ろしていた。その中に、瀕死の幼馴染を閉じ込めたまま。

一つの区切りを感じて、統矢が感傷的《センチメンタル》になっていると……すぐ隣で凛とした声が響く。

「この子は、直ります。直しますから、統矢君。また、戦えます」

「……あ、ああ。そうだな。直すんだ……俺が、俺たちが」

「あ、あれ？　なあ……五百雀さん。手……えええっ？　まて統矢、その手を離せ！　離れろ、いっそ死ね！　どうしてだ、なにが……なにがあったんだああああ？」

周囲に笑いが咲いて、赤面に統矢は手を振り解く。

千雪は離されたその手を胸に抱いて、いつもの怜悧な無表情で首を傾げていた。

そうして穏やかな空気で久々に格納庫が緊張感から解放されていると……息せき切って走りながら、

か細い声が近付いてきた。

「はぁ、はぁ……無事、なんだ。よかった……よかった、です。……わたし、わたしっ！」

誰もが振り返る視線の先に、華奢な肩を上下させるツナギ姿の少女が立っていた。

それはもう、統矢には更紗りんなには見えない。

正体不明の次元転移でパメラとともにあらわれた、謎の少女……彼女は、更紗れんふぁ。別人だ。

そう、もうりんなはこの世にいない。統矢の胸の奥へと消えて、見えない場所で眠っているのだ。

「更紗、れんふぁ」

「わたし……どうしよう、って。この場所で、この世界で……記憶もないわたしに、優しくしてくれて。はじめての、友達で。わたしっ！」

れんふぁが真っ直ぐこちらへと駆けてくる。

統矢は自然と歩み出て、両手を広げた。

そして、抱き寄せる。

――空を切る腕が、虚しく自分自身を抱き締めた。

「……あ、あれ？　なあ、れんふぁ……れんふぁ？」

「わたしっ、千雪さんが無事でよかったです！　ふえぇっ、ぐすっ……」

れんふぁは統矢を無視し、アウトオブ眼中よろしく……千雪へと抱きついていたのだった。

「大丈夫ですよ、れんふぁさん。統矢君たちと一緒でしたから、平気です」

「わたし、避難しませんでした……なぜかな、うん……ここに、この場所にいなきゃいけない気がして。千雪さんが、みんなが頑張ってるのに、わたしが逃げちゃ駄目だって」

ふと、統矢の脳裏を数々の疑問の一つがよぎる。

なぜ、あのパラレイドたちはここを……青森校区を目指していた？

だが、周囲の賑やかな喧騒に今はそのことを忘れてゆく。

れんふぁを抱き締め優しくぽんぽんと背を叩きつつ……なぜか勝ち誇ったような視線を投じてくる千雪に、統矢は苦笑を零した。

そう、笑った……気づけば自然と笑っていた。

千雪の胸で顔をあげたれんふぁも、驚いたように目を丸くする。

「統矢、さん？……あの、その……笑うん、ですね」

「ん？ ああ。おかしいか？ れんふぁ。お前とよく似たやつのこと、な。もう思い出になったから……その、いろいろと悪かったな。お前はれんふぁ、更紗れんふぁだ」

「いえ、わたしこそ……そっか、統矢さんも笑うんだ。怖い人かと思ってました……でも、ありがとう。みんなを守ってくれて、ありがとうございますっ！」

こうして、一つの戦いが終わった。

いまだ出血に濡れる青い星、地球の片隅で……小さな北国の田舎町で、反撃の狼煙《のろし》が奇跡を呼んだ。

再び人類は、互いの命を重ねて築きながら、その上をよじ登るように未来を目指す。

その先に今は、絶望しか待っていないとは知らずに。

後に青森防衛戦《あおもりぼうえいせん》と呼ばれる、一連の戦いは成功を収めた。

三日が経過して、ようやくにも日常が戻ってくる。まだまだ短縮授業で、毎日のほとんどは戦場となった山手側の郊外を捜索する時間だが……戦争という非日常の光景は、その姿を再びの平和へ隠そうとしていた。

わずか一時の平穏を、統矢もまたかけがえのないものだと感じていた。

「そういや、統矢。あの軍人さん、ほら、アメリカ軍の。すげえな、統矢。さすがエースだぜ……海兵隊の大尉さんとももう、知り合いなんだもんな」

朝のホームルームが始まる前、クラスメイトの誠司が声をかけてくれる。相変わらずタブレットの中に愛機九七式【氷蓮】の修理プランを組み立てていた統矢だったが、もうそれに没頭するあまり周囲を疎かにしたりはしない。

自分の机に座ったまま、顔をあげた統矢の顔は晴れやかだった。

「グレイ大尉な、うーん……なんか、変に気に入られてんだよ。パイロット気質だな、あの人。まあ、悪い人じゃないさ。少し挨拶を交わしただけだ」

「でもまさか、アメリカ海兵隊じゃTIPE―一三R【サイクロプス】が配備されてるんだなあ。レアキャラだぜ！」

「トルクとパワー、装甲じゃ日本製パンツァー・モータロイドは敵わないよな、ああいうの」

「またまたぁ、なにを仰る統矢先生！タイマンで勝っちゃったじゃないの、オタク」

おどけてゴマを擦る誠司が、ニシシと笑う。

自然と統矢も「まあな」と笑顔になった。

こんなにも普通に笑える日が来たのが、自分でも信じられない。だが、青森での新しい暮らしと、変わらぬ戦いの日々……その双方が、りんなと死に別れた自分に新たな道を示してくれた。

幼馴染と決別することで、再び統矢は前へと歩み始めたのだ。

「で、統矢……そのくたびれた学ラン、そろそろ卒業したらどうだ？」

「ん？ああ。そういや、青森校区の制服がまだだったな。そうだな」

周囲はカーキ色のブレザーで、臙脂色《えんじいろ》のネクタイをしている。一人だけ詰め襟の黒を纏う統矢は、ひどく目立った。

もう、この青森校区の一員になる時が来たのだ。

そのことを、ふと背後に立った通りのいい声が教えてくれる。

「統矢君、制服でしたら購買部に手続きをすれば支給が受けられます。なにぶん戦時下ですので、遺品整理の中から供出されたものなどになりますが」

振り向くとそこには、白い菊の花瓶を手に持つ千雪がいた。

相変わらずな白い顔に、無表情が張り付いている。だが、感情を表に出さない彼女の心が、今の統矢には手に取るようにわかった。意外とわかりやすいやつだと思うし、子どもっぽいところもある。凛として涼やかなクラス委員の少女は、統矢の斜め前の席に花瓶を置いた。

このクラス、二年D組での戦死者は一人だ。

失い亡くす中での犠牲者へと、千雪は今日も花を手向《たむ》ける。

見詰める統矢は、勝ち得るものもない戦争の中で、守るべきすべてを胸に刻んだ。

確かにあの時、お別れを告げたりんなは言っていた……生きてる人のために戦えと。

「そ、そういや、さ……統矢。五百雀さんも。今日からクラスの担任、変わるらしいぜ？　それと、転校生も」

「先生が？　それに、転校生……こんな時期に」

誠司が間をとりなしてことさら明るく作った声に、統矢は片眉を釣り上げる。青森校区の幼年兵は、最終的には全体の八％の損失となった。戦場での掃討作戦と回収作業が終わって、残骸の中から助けだされた者たちも少なくない。

最前線での盾にして弾除けである幼年兵の損耗率は、そのまま戦況の優劣に直結している。皇国軍の主力は被害こそ出したものの、うまく幼年兵を使った結果か大損害を免れていた。

そのことに対して、統矢は今も納得できない忸怩《じくじ》たる想いがある。

だが、今は一人の戦士として、パメラのパイロットとしてなすべきことをなすだけだ。

「こんな時だから、でしょう。噂をすれば……統矢君。柿崎君も。席に戻りましょう」

「五百雀さぁ〜ん、コイツは統矢君で俺は柿崎君なわけ？　やっぱ、なんか、こぉ……ニシシ」

「私、勘ぐる人って嫌いですよ？　さ、柿崎君。いい子だから着席してください」

「……ハイ」

教室内があわただしくなって、雑談を咲かせていた同級生たちが行き来し始めた。有無を言わさぬ冷ややかな声で、千雪も柿崎を統矢から引き剥がした。そうして統矢に瞳でうなずくと、彼女も自分の席に戻ってゆく。

そして、教室の扉が開かれた。

だが、そこに引き戸を開け放った人物の姿はない。

統矢もクラスメイトたちも首を傾げたその時、声だけははっきりと響いた。

「揃っているな、ヒヨッコども。……フン、実戦を経験したか。いい面構《つらがま》えの者もいるじゃないか」

よくよく目を見開き、視線を下へとスライドさせると……そこには小さな小さな女の子が立っていた。出席簿を両手で抱きしめる、赤いジャージの女の子だ。年の頃は十歳前後、どう見ても小学生だ。

だが、その人物を統矢は知っている。思わず指さし椅子を蹴ってしまった。

「あっ、あんたは‼……御堂、刹那、特務三佐」

目付きだけが異様に鋭くて、あどけない顔立ちの中で違和感を奏でている。その少女の名は、御堂刹那……日本皇国軍特務三佐。そして、彼女が持つもう一つの顔は、ウロボロスなる人類同盟軍の秘匿機関に所属する人間らしい。

らしいとしか言えないが、彼女との再会で統矢の脳裏にまたあの言葉が走る。

DASTER——。

その力が統矢にあると、彼女は言った。

それがなんなのかもわからぬままに、統矢はあの激戦を生き延びたのだ。

呆気にとられる教室内を見渡し、刹那は平らな胸を張って幼い声に緊張感をませた。

「今日からこのクラス、二年D組は私が預かる。……これ以上、誰も死なせはしない。厳しく接して容赦はしないつもりだ、死にたくなければついてこい！　以上！」

そう言って刹那は、教壇の前に立ち……あまりに小さくてスッポリ隠れて見えなくなってしまった。

本人もそれに気づいたのか、黒板を背に教壇の上へとよじ登るや仁王立ちになった。

刹那は出席簿を片手に、腰に手を当てぐるりと周囲を見渡し、キンと響く子どもの声を放つ。

「で、転校生だ！　貴様等の戦友になる、互いに切磋琢磨《せっさたくま》、そして助け合え！　いいな！　……よし、入れ」

そして、再び教室にどよめきが走る。とりわけ、感嘆の声をあげたのは男子たちだ。どんな時代でも男が女に、少年が少女に抱く憧れが声になった。そうさせるだけの美しさが、統矢たちの前に静々とあらわれた。

統矢は統矢で、驚きに目を丸くしてしまう。

短く切り揃えた髪に、くりくりと大きな瞳。

小柄で華奢な細身、すらりとスレンダーなスタイル。

そこに立っていたのは——

「れんふぁ！　更紗、れんふぁ！　どうしてここに、お前っ！　あ、いや……ええと」

「そこ、うるさいぞ！　ああ、摺木統矢か。貴様、先の戦では活躍したそうだな……だが、私は特別扱いはせん。貴様の力、私が絞り出してやる……覚悟するのだな。で、おい！　更紗れんふぁ、自己紹介だ！」

どうにも締まらない、目元だけ険しい幼女ににらまれ統矢は席にストンと座る。

硝子《ガラス》細工のような、どこか美術品や工芸品のように儚《はかな》い少女は喋り出した。もう、統矢には更紗りんなには見えない……あの快活でな、姉貴気取りの幼馴染ではない。更紗れんふぁという謎の少女、謎のパメラに乗って次元転移でやってきた別人だ。

そして、これからの統矢の運命を変える、すべての謎の中心にいる人物。

だが、今は誰もがそれに気づけない……その運命すら、完全に姿を見せていないから。

「更紗れんふぁです。今日から寮に入って、皆さんとこの教室でお世話になります。え、えと、記憶、ないです……でも、頑張ります！　よろしくお願いしまぴゅ！」

噛んだ。あっ、という顔をして、れんふぁは表情を真っ赤に俯かせる。

静まり返った教室内に、次の瞬間笑いが連鎖する。

こうして統矢のクラスに、新たな仲間が加わった。

だが、なごやかな空気の中で新たな日常が始まろうとする中……統矢は、二人の視線が自分に重なっていることに気づかない。刹那と千雪とが、大騒ぎになって久々に明るい空気が広がる中……じっと統矢を、統矢だけを見詰めているのだった。

西暦二〇九八年、春……四月を終えた青森は、ようやく雪の季節を脱しようとしていた。

書籍版特典ＳＳ

戦火に凍えて／春待ちの放課後に集うエース

戦火に凍えて

真冬の遅い夜明けに、息が白く煙《けむ》る。

格納庫の扉を開けば、ぐずるように軋《きし》んで新雪が舞った。

そしてそこには、並び立つ巨人たち。

摺木統矢《スルギトウヤ》は、まだピカピカの最新鋭機に瞳を輝かせた。

「こいつが新型……御巫重工《みかなぎじゅうこう》製、九七式【氷蓮《ひょうれん》】」

全高七メートルほどの人型機動兵器《ロボット》、パンツァー・モータロイド。それが、人類の未来を託された鋼鉄の防人《さきもり》だ。

あらゆる局面においての汎用性を考慮し、動員された女子どもでも比較的簡単に操縦可能な実戦兵器……それは皮肉にも、操る人間と同じ姿を持った巨大ロボットだ。

そう、時代は今や全人類の総力戦に突入して久しい。

地球のあらゆる資源が戦争へと注ぎ込まれ、文明は一世紀以上後退していた。

すべては、謎の侵略者〝パラレイド〟と戦うため。

統矢もまた、戦争に塗り潰された灰色の青春を疾走していた。

「でも、どうして北海道に新型が？　連中、まだユーラシアの北部で戦ってるんじゃ」

口では疑問を浮かべつつも、うずうずと好奇心が疼《うず》く。

誰もいないのをいいことに、すぐに統矢は新型機へと駆け寄った。

軍から払い下げられた旧型機ではない。統矢たち皇立兵練予備校《こうりつへいれんよびこう》の幼年兵《ようねんへい》たちが使っているものとは、まるで違って見えた。装甲には傷ひとつなく、見た目もスタイリッシュでスマートなイメージがある。

重苦しいグレーのカラーリングさえ、見た目通りのヒロイックな雰囲気を際立てていた。

「……よしっ、試してみるか」

さっそく、キャットウォークへと登って待機電源で胸部ハッチを開放する。

工場から出荷したての、素材そのものの匂いが冷たく広がった。

そして、すぐに血と汗の臭いへと変わってゆくだろう。

統矢たちは幼年兵……高校生でありながら有事の際には一兵卒《いっぺいそつ》として戦うことになるのだから。大人たちは、弾除けや数合わせの囮《おとり》としか見てはくれないが。

まだビニールシートに包まれたコクピットに座る。

機体に動力を灯すのは憚《はばか》られたが、操縦桿を握れば今すぐにでも戦える気がした。

だが、聴き慣れた声が突然統矢を現実へと引き戻す。

「こーらっ！　なにやってんのよ、統矢。うっ！　うう……寒ぶ寒ぶっ！」

突然、可憐な少女が視界に飛び込んできた。

彼女はそのまま、細くしなやかなジャージ姿でコクピットに押し入ってくる。当然、デジタルパネルやレバー、スイッチ等で狭い室内に統矢は圧縮された。

統矢を椅子にするようにして、その少女は遠慮なく身を預けてくる。

切りそろえた黒い髪が、ふわりとシトラスの香りを小さく広げた。

「お、おいっ、りんなっ！　お、重い」

「またまたそんなー、ありえないってー。……確かにお正月で二キロ太ったけど」

「狭い！ってか、なんだよもう！見つかったら叱られるぞ」

「だったら静かにしてよね。ほら、寒いからハッチ閉めて」

この、有無を言わさぬ強引な快活さに、統矢は弱い。

いつでも笑顔の少女の名は、更紗《サラサ》りんな。

十年以上も一緒の幼馴染《おさななじみ》、腐れ縁だ。

少なくとも、そう思われてるだけで少し残念だ。

ひたすらにポジティブでラジカル、この北海道校区の押しも押されもせぬエースパイロット……成績優秀な生徒だけを集めた、戦技教導部の部長様だ。

微妙な腕前で部の末席にいる統矢とは、まるで違う。

「はー、冷える……おっ、なになに？この子、ひょっとしてもう動く？」

「いや、初期設定もまだだから」

「あー、はいはい。立ち上げ前なんだ。よし、ちょっとおっきしようか！」

りんなは、手に持つタブレットへと指を走らせる。

この時代、こうした携帯端末は貴重品だ。どこの国もＧＤＰの八割を軍事費にさかざるをえず、自然と文明は静かに巻き戻ってしまった。

世界中を覆うネットワークもない。

スマホやガラケーどころか、携帯電話そのものがない。

授業はいまだに黒板とチョークだし、紙に鉛筆で書き写す日々だ。

年寄は昭和だ昭和だと言うが、これが統矢たちの現実だった。

「どれどれ、ちょちょいの、ちょいっ、と」

「りんな……あのな」

「お、つながった。えっと、ここをこうして」

突然、暗い室内に光が灯る。

正面にメインモニタが外の景色を写して、死角を左右のサブモニタがフォローし始める。そして、画面の片隅に無数の文字列が流れ始めた。

極寒に眠る鉄巨人は今、ゆっくりと目覚めてゆく。

統矢には見えなかったが、覚醒を誇示するように頭部のツインアイが輝き出した。

「わはは、どーよ！……ってか、カタログスペックだけでもけっこうすごいよ、この子」

「どうかな。ここ数年、戦況も悪化の一方だし、こっちの戦力は減り続けてる」

「開発するなり現地で実戦テスト、ね。まあ、いいんじゃない？……これなら、今年はいける」

不意にりんなの表情が、ゆるい笑顔を捨て去る。

大きな瞳を輝かせるその横顔に、統矢も同じ目標を夢見ていた。

大人は戦争に夢中で、この世のすべては戦争を中心に回っている。謎の敵はいまだ正体がつかめないまま、もう十年以上の年月がたっていた。

不可避の敗北から目を背《そむ》けるように、少年少女は訓練に明け暮れる。

その成果を見ることぐらいが、疲れた市民たちのささやかな楽しみだった。

「統矢っ、今年こそ優勝するわよ……パンモロ甲子園！」

「……なにそれ。あ、ああ、全国総合競戦演習《ぜんこくそうごうきょうせんえんしゅう》な」

因みにパンツァー・モータロイドの略称は本来、ＰＭＲ《パメラ》である。

そんな破廉恥《ハレンチ》な兵器に乗ってるつもりはなくて、思わず統矢は唇を尖らせた。だが、遠慮なくりんなは体重を預けてくる。

一歩踏み出したまま立ち尽くす九七式【氷蓮】の中で、二人の体温が一つになった。

「去年は一回戦敗退だったからさ。秋田校区めー、同じ北国のよしみってやつをさあ」

「手加減されて嬉しいかっての、りんな。……あっちは去年から九四式使ってるだろ。九四式【星炎《せいえん》】は皇国陸軍や人類同盟軍でも運用されてる現行機だからな」

「今年はでも、違う。あたしたちにも新型があるし、先輩たちも気合入ってるからさ」

そっとりんなが過去をタブレットへと映し出す。

——全国総合競戦演習。

それは、日本全国の兵練予備校が選抜チームを送り込み、模擬戦で日本最強を決める戦いだった。

国民の戦意高揚目的もあったし、幼年兵たちの技術向上を名目に戦われるデスゲームである。

またの名を、パメラ甲子園。

時には死人の出る年もある。

それほどの激戦に、老若男女がラジオやテレビの前で熱狂していた。

「りんなら勝てるかもな。もう二年生で部長だし、お前の腕ならエースの通り名《コールサイン》だって」

「ん、それ無理。わかってるんだ、それは無理だって」

「りんな……」

「あたしだけじゃ勝てないよ。でも……あたしたちなら、話は別でしょ?」

「……お、おう」

「統矢さ、操縦はうまいし目配せもきいてて、ここぞって時の爆発力は買うよ? でもさあ、もっと周囲との連携を意識しないとねー」

「グヌヌ……ハ、ハイ」

統矢は、一対一の直接対決なら誰にも負ける気はしなかった。去年など、特別講習に来た皇国軍の正規パイロットに勝ってしまったくらいである。

だが、それだけだ。

大会は実戦形式、小隊レベルでの戦術が求められる。

そういう局面で統矢は、なかなか自分のポジションを図れずにいた。

「ま、まあ、俺は俺で好きにやらせてもらうさ。ようは、相手の旗機《フラッグき》を墜とせば――」

「こーらっ！　統矢？　あんた、そゆの駄目なんだからね？　もっとまわりと仲良くして、まわりと支え合いなさいよ。あんた、強いんだから……まわりもきっと、守れる強さなんだから」

狭い中で振り向くりんなが、グイと人差し指を鼻先に突きつけてくる。

その目は厳しくて優しくて、吸い込まれそうなほどに眩しかった。

瞬《まばた》きさえ忘れたかのような眼差しに、思わず統矢は目を逸らす。

「ま、いいけど。背中、預けてるんだからね？　特にあたしをしっかり守りなさいよ。そうしてくれたら……」

「そ、そうしてくれたら？」

「あたしも統矢のこと、守るよ。きっと絶対、守り通す。だって、だって統矢は――」

頬を赤らめ、りんなは前を向いてしまった。

そして、操縦桿を握る手に手を重ねてくる。

「統矢は、あたしの大事な……大事、な……お、幼馴染！　マブダチ？　だからねっ！」

「……なんだよそれ。まあ、そうなんだろうけどさ」

「というわけで、これから初期設定を」

その日、その時、その瞬間だった。

突然のサイレンは警報で、二人を戦争という現実に引きずり戻す。

冷たい朝日が昇る中、敷地内にけたたましいアラートが鳴り響いていた。

極寒に沈む静寂は破られ、すぐに北海道校区は慌ただしく動き出す。

そして、甘やかな瞬間は終わりを告げた。

ついにパラレイドが、北海道全土へも出現した。次元転移《ディストーション・リープ》と呼ばれる謎の技術で、時間と場所を超えて瞬時に敵意が広がってゆく。

統矢たちの青春はまさに今、本物の戦争へと飲み込まれてゆくのだった。

春待ちの放課後に集うエース

春待ちの午後というには、あまりにも荒れた空だった。

窓がガタガタと鳴り、強風が吹雪《ふぶ》いて外を白く染めている。

だが、この皇立兵練予備校青森校区《こうりつへいれんよびこうあおもりこうく》を寒からしめているのは、終わりの見えない冬だけではなかった。

五百雀千雪《イオジャクチユキ》も先日の臨時ニュースを聞いて以来、気持ちが落ち着かない。

それでも、毅然《きぜん》と格納庫へ歩けば雑多な声が通り過ぎてゆく。

「おいおいマジかよ……情報統制かなんかじゃねえの？」

「馬鹿、統制すんならなんで不利なこと言うんだよ。終わってるじゃねえか」

「詰んでる……次は絶対青森だ。とうとう俺たちも実戦に駆り出されるんだ」

「でっ、でもほら！うちの戦技教導部には五百雀兄妹《きょうだい》がいるし」

「噂をすれば、か。見ろよ、嵐の女王様《メイヴ》の御出勤だぜ？……いいよなあ」

男子たちの視線にこもる熱を、千雪は意識したことがない。

意味がわからないからだ。

自分の美貌に無自覚な少女は、文武両道のクラス委員で学園のアイドル。泣く子も黙ると勝手に言われる、パンツァー・モータロイドのエースパイロットだった。

そう、それは全人類での総力戦が生み出した冗談みたいな戦術兵器。

旧世紀の娯楽アニメを再現したかのような、人型の機動兵器だった。

そして千雪は、パンツァー・モータロイド——通称ＰＭＲ《パメラ》——の操縦に卓越した技能を誇るエース集団、戦技教導部《せんぎきょうどうぶ》のトップエースである。

「……兄様はまだ来てないようですね。ふう……今年も春が遠い」

渡り廊下を格納庫の区画へと進めば、溜息も白く煙る。

もう三月だというのに、ここ数年は冬が長い。

何度も地球の地図が刷新されるつど、環境は激変して壊れてゆく。

この惑星《ほし》は先日も、日本列島の一部を失ったばかりだった。

それは同時に、この青森県が戦争の最前線になったことを示している。だから千雪も、今朝はずっと気持ちが張り詰めていた。

だが、火薬とオイルの臭いが満ちたこの場では、少し気分が安らぐ。

「おっ、千雪ちゃんやないか。おつかれさん」

「お疲れ様です、佐伯《サエキ》先輩。……改型四号機《かいがたよんごうき》、ですか？」

「せやで。新入生のオーダーでカスタマイズ中や。正直、やり過ぎやないかと思うんけどねえ」

千雪に挨拶を投げかけてくれたのは、佐伯瑠璃《サエキラピス》。整備科でこの四月からは三年生である。千雪も進級して、この春からは二年生だ。

そして二人の目の前に今、紅蓮《ぐれん》の巨人が唸りを上げている。

甲高い動力炉のメカニカルノイズに震える、それは戦技教導部だけで運用される特殊なカスタムメイドだ。

八九式【幻雷《げんらい》】は旧式のパメラで、多くの校区で学生たちが訓練に使う機体である。

だが、戦技教導部の所属機だけは、極端なカスタマイズが許されていた。

「……どう思っとう？　千雪ちゃん」

「装甲、外し過ぎじゃないでしょうか」

「高トルク、ハイパワー、そして極限までの軽量化。機動力全振りってやっちゃな」

「かなりリスキーなセッティングですね」

赤く塗装された眼の前の【幻雷】は、改型と呼ばれるカスタムタイプの四号機だ。その装甲は、ノーマルの【幻雷】より四〇%ほど少なく、骨格となるフレームが一部丸出しのネイキッド仕様だった。

それでいて、極限までパワーを絞り出すエンジンは金切り声を歌う。

人のことを言えた義理ではないが、極端過ぎる過激なセッティングだった。

そして、そんなじゃじゃ馬パメラから一人の少女が降りてきた。

「瑠璃、いい感じだわ。うん……いいよね、アルレイン。今日からアンタがアタシのアルレインよ。あ、瑠璃！　これでお願い。あと、武器はっと」

「あんなあ……自分、新入生やろ？　瑠璃やない、佐伯先輩や。ついでに言うなら、その名前で呼ばんで。恥ずぅなるさかいな」

「ふーん、そうなんだ。妙なこと気にするのね、日本人て。名前って大事なのに」

「郷に入っては郷に従え、言うんてな。イギリスにはそういう言葉ないねんかなあ」

金髪のツインテールを螺旋《らせん》に遊ばせる、それは排気熱の上昇気流。その中から、中等部の制服を着た小さな女の子が歩み出た。ひどく華奢《きゃしゃ》で、まるでビスクドールのように整った顔立ちに碧眼《へきがん》が輝いている。

否《いな》、ギラついていている。

冷たい炎が激しく燃えて、自分さえも焼き尽くす……そんな暗い光が灯っていた。

その少女は千雪に気づいて、目を細めながら「ふーん」と唇《くちびる》を小さく舐《な》める。

「アンタ、千雪ね？　五百雀千雪。別名、フェンリルの拳姫《けんき》、誰が呼んだか通り名《コールサイン》は……【閃風《メイヴ》】」

「はい。よろしくお願いしますね、ええと」

「ラスカよ。ラスカ・ランシング。アタシが入部するからには、今年こそは優勝させてあげるわ？　無冠の女王様」

「それは頼もしいですね。楽しみにしています」

「……なによ、張り合いないわね。もっとこう、ないの？　去年の全国総合競戦演習《ぜんこくそうごうきょうせんえんしゅう》、ベスト四止まりだったわよね？　試合を見たけど、笑える負け方だったわ」

事実である。

現実だ。

日本中の都道府県から選抜チームが集まり、全国中継のもとで小隊単位の模擬戦を行う……それが全国総合競戦演習。昔は野球を甲子園で、ラグビーを花園で……そういう文化の多様性があったと言われているが、今は戦時下だ。

世界のすべては、謎の敵〝パラレイド〟との戦いに注ぎ込まれている。

文明は一世紀以上衰退し、世界規模のネットワークも流通も失われた。

人類の存亡をかけたこの戦いが、永久戦争《えいきゅうせんそう》と呼ばれ始めて久しい。

すべてを忘れようと、市民は誰もが学生同士のパメラバトルに夢中になっているのだった。

「アンタ、確かに強いわよね。アタシと同等くらいには。ま、今年からは楽させてあげるわ……フン！　なにさ、スカしちゃって」

「すみません、ラスカさん。口だけの人間は嫌というほど見てきましたので」

「……は？　な、なによ、ちょっと！」

「佐伯先輩、私の改型参号機《かいがたさんごうき》は出せますか？　……少しレクリエーションが必要なようですので」

「アタシを無視した⁉　ッッッ！　アンタねえ、こんなド田舎《いなか》でチヤホヤされてるからって」

「マニュピレーターのパーツ交換は終わってるんですね？　助かります。……では、ラスカさん。少し実力のほどを拝見しましょうか」

千雪は日頃から、兄や親しい部員たちから表情に乏しいと言われることがある。自分でも少し気にしているのだが、気持ちが大きく動くことは少ないし、いつも無表情らしい。

だが、目の前の小生意気な後輩に対しては、言いたいことがある。

言わせておけないこともあって、口ではもはや語るまいと決めていた。

彼女の言う通り、青森校区の戦技教導部は昨年、準決勝で敗れた。

それは千雪にとって忘れ難い記憶で、安易にほじくりかえすのは許せない。

一方で、凍れる視線で刺し貫いても、ラスカは逆に不敵に笑う。

「ふふ、いいじゃない。やるわ、やってあげる。今年から青森のエースが誰か、思い知らせてあげるわっ！」

「……エースとは、そんなに眩しく楽しいものでは……ええ、ええ。では、始めましょう」

一触即発の空気に、瑠璃はさして驚いた様子もなく肩をすくめる。

ここは皇立兵練予備校、パメラのパイロットを養成し、いつでも実戦投入できるように訓練する学び舎だ。当然、この類《たぐい》のいざこざは日常茶飯事である。

そんな子どもたちを、世界は幼年兵《ようねんへい》と呼んで使い捨てた。

パメラの最も安価な部品、弾除けの囮《おとり》や盾……それが幼年兵である。

だが、そんな荒んだ青春でも、少年少女は今を全力で生きていた。

そんな男がもう一人、気づけば格納庫の入り口でこちらを伺っていた。

「うおーい、愚妹《ぐまい》ちゃんよお。千雪、そのへんにしといてやれ」

「兄様」

「はいはい、強くて格好いい部長の兄様ですよ、っと」

「……御巫《ミカナギ》先輩は」

「今日は病院行くから休むとよ。で、ラスカ・ランシングつったか……中等部にドエライはねっかえりがいるって聞いてたが。へへっ、面白いじゃないの」

その名は五百雀辰馬《イオジャクタツマ》。

千雪の兄にして、この戦技教導部の部長である。

へらりとゆるい雰囲気の、自称イケメンな三枚目……にも見えるが、優男《やさおとこ》のふりをしてても操縦技能は一流である。千雪も、兄には数えるほどしか勝ったことがない。

その辰馬が、ポケットに両手を突っ込んだままゆっくりと歩み寄る。

さすがのラスカも、不気味なその威圧感に気圧《けお》されていた。

「全国ベスト四、あれなあ……わはは、俺がヘマやったんだわ！」

「……は？」

「ラスカ、お前さんも試合見たろ？　旗機《フラッグき》の俺が撃墜判定になってな。もうちょっとで千雪が相手を全滅させる勢いだったんだけどよ。まー、先輩たちも怒った怒った」

その先輩たちも卒業して、何人かはもうこの世にいない。

今はそういう時代で、ここはそういう学園だった。

呆気《あっけ》にとられるラスカは、完全に毒気をうしなっている。昔から兄に妙な人のよさ、無駄な器《うつわ》のデ力さを感じるのは千雪だけではなかった。

「ま、改型の四号機はお前さんに任すわ。好きにいじっていいぜ。あと、瑠璃……例のアレ、午後一番で運ばれてくるって聞いてたが、遅れてんのか？」

「それなんやけどなあ、辰馬。もう、全損状態っていうか、スクラップっていうか」

そういえば、と千雪の心が弾む。

今日、この青森校区へ最新鋭機が配備される予定なのだ。

最前線だった北海道に集中配備されていたもので、その激戦を奇跡的に生き抜いたと言われている。

見たい、触りたい。できれば乗ってみたい。

千雪が唯一興味を引かれるのは、鋼鉄の防人《さきもり》たるパンツァー・モータロイドのことだけだった。

「兄様、私……たったいま急用が。というわけでラスカさん、手合わせはいずれまた改めて」

「は、ちょ、ちょっと待ちなさいよ！　アンタ、あんだけ煽《あお》って」

キャンキャン響く声を背に、すでに千雪は走り出していた。

生粋のパメラマニア、唯一趣味と呼べるすべてがパメラに関すること……この青森校区で羨望《せんぼう》と憧憬《どうけい》を集める氷の女王は、その実密かにロボットオタクなのだった。

だから千雪は、走り出す。

その先に運命が待つとも知らずに。

あとがき

この度は拙作『パラレイド・デイズ①』をご拝読いただき、まことにありがとうございました。まずは謝辞を……編集部の皆様、担当さんから校正、広報、営業、スケジュール管理の方等、さらにイラスト担当のけんこ先生。沢山お世話になりました。出版はチームワーク、僕もまた作家というポジションでしかありません。本当に感謝です。次に、いずみノベルズへ紹介してくださった、小説仲間の寒天ゼリヰ先生。本当にありがとうございます。また本を出せる喜び、感謝の極みです。最後に、今まで支えてくれた家族や知人友人にも最大限の感謝を。

以前、大リーグの大谷翔平選手がおっしゃりました……『憧れるのをやめましょう』と。僕がこの作品に込めた想いが、あんなに簡潔かつ綺麗に表現されるなんてビックリです。僕もまた、偉大な先達へのリスペクトはそのままに、憧れるのをやめてみたんです。皆様のご存知のあのスーパーロボットは、どうやったら倒せるのか。小さな量産型ロボットで、果たして勝負になるのか。その発想が執筆のきっかけでした。まだまだこれから、日本中の有名なスーパーロボットをフィーチャーした敵との戦い、そして壮大なSFドラマが続きます。楽しんでもらえるようがんばりますので、どうかよろしくお願いいたします。

それでは次巻でお愛しましょう……衝撃の第二章に、スイッチ・オン！

二〇二四年十月　長物 守

著者紹介

長物 守（ながもの まもる）

2012年、第4回GA文庫大賞でデビューしたライトノベル作家。ロボ小説とファンタジーをこよなく愛する作風で、趣味の二次創作も含めて精力的に活動している。SFやラブコメも幅広く執筆し、趣味であるソシャゲ、ゲーム等でも精力的に活動する。

イラストレーター紹介

けんこ

イラストレーターのけんこと申します。
ゲーム会社3年勤務後2021年10月よりフリーランスとして独立致しました。
主にTCGやソシャゲで描かせていただいております。

◎本書スタッフ
デザイナー：中川 綾香
編集協力：深川岳志
ディレクター：栗原 翔

●著者、イラストレーターへのメッセージについて
長物先生、けんこ先生への応援メッセージは、「いずみノベルズ」Webサイトの各作品ページよりお送りください。URLはhttps://izuminovels.jp/です。ファンレターは、株式会社インプレス・NextPublishing推進室「いずみノベルズ」係宛にお送りください。

izuminovels.jp

●底本について
本書籍は、『小説家になろう』に掲載したものを底本とし、加筆修正等を行ったものです。『小説家になろう』は、株式会社ヒナプロジェクトの登録商標です。
●本書の内容についてのお問い合わせ先
株式会社インプレス
インプレス NextPublishing　メール窓口
np-info@impress.co.jp
お問い合わせの際は、書名、ISBN、お名前、お電話番号、メールアドレス に加えて、「該当するページ」と「具体的なご質問内容」「お使いの動作環境」を必ずご明記ください。なお、本書の範囲を超えるご質問にはお答えできないのでご了承ください。
電話やFAXでのご質問には対応しておりません。また、封書でのお問い合わせは回答までに日数をいただく場合があります。あらかじめご了承ください。

●落丁・乱丁本はお手数ですが、インプレスカスタマーセンターまでお送りください。送料弊社負担にてお取り替えさせていただきます。但し、古書店で購入されたものについてはお取り替えできません。
■読者の窓口
インプレスカスタマーセンター
〒 101-0051
東京都千代田区神田神保町一丁目 105 番地
info@impress.co.jp

いずみノベルズ
パラレイドデイズ①
北の大地で、未来に抗え！

2024年10月25日　初版発行Ver.1.0（PDF版）

著　者　長物 守
編集人　山城 敬
企画・編集　合同会社技術の泉出版
発行人　高橋 隆志
発　行　インプレス NextPublishing
〒101-0051
東京都千代田区神田神保町一丁目105番地
https://nextpublishing.jp/
販　売　株式会社インプレス
〒101-0051　東京都千代田区神田神保町一丁目105番地

印刷・製本　京葉流通倉庫株式会社
Printed in Japan

ISBN978-4-295-60246-0

NextPublishing®
●インプレス NextPublishingは、株式会社インプレスR&Dが開発したデジタルファースト型の出版モデルを承継し、幅広い出版企画を電子書籍＋オンデマンドによりスピーディで持続可能な形で実現しています。https://nextpublishing.jp/